余光中

李白与爱伦坡的

时差

余光中美学评析

著

海天出版社（中国·深圳）

图书在版编目（CIP）数据

李白与爱伦坡的时差：余光中美学评析 / 余光中
著. — 深圳：海天出版社，2014.11（2018.1重印）
（余光中文化小语）
ISBN 978-7-5507-1127-3

Ⅰ. ①李… Ⅱ. ①余… Ⅲ. ①随笔－作品集－中国－
当代 Ⅳ. ①I267.1

中国版本图书馆CIP数据核字（2014）第149646号

图字：19-2014-089号
本书中文繁体字版本由台湾九歌出版社在台湾出版，今授权深圳市海天出版社在中
国大陆地区出版其中文简体字精装本版本。该出版权受法律保护，未经书面同意，任何
机构与个人不得以任何形式进行复制、转载。

李白与爱伦坡的时差：余光中美学评析
LIBAI YU AILUNPO DE SHICHA: YU GUANGZHONG MEIXUE PINGXI

出 品 人　聂雄前
责任编辑　许全军 童 芳
责任技编　梁立新
装帧设计　知行格致

出版发行　海天出版社
地　　址　深圳市彩田南路海天综合大厦7-8层（518033）
网　　址　http://www.htph.com.cn
订购电话　0755-83460293（批发） 83460397（邮购）
设计制作　深圳市知行格致文化传播有限公司　Tel：0755-83464427
印　　刷　深圳市新联美术印刷有限公司
开　　本　889mm×1194mm 1/32
印　　张　6.125
字　　数　100千字
版　　次　2014年11月第1版
印　　次　2018年1月第2次
印　　数　4501—8500册
定　　价　39.80元

序

本书论析的是诗、绘画、翻译、语言、文化地理，往往更涉及其间的关系。有不少段落如果当散文甚至美文来读，也许更好。例如《边缘，中心，跨界》的第四大段，或是《李白与爱伦坡①的时差》和《捕光捉影缘底事》的全文，如果收入我的散文集中，该也不致显得唐突。正常的论文照理不可以"感情用事"，应该做到 cerebral。我的评论不守帮规，时常出轨，演为 figurative，但是后面仍是有知性支撑的，要说的道理还是传过去了；另一项出轨，便是不列批注，不附书目，正文之后没有"随扈"，欠缺正式论文的格局。其实多加批注、详列书目虽然是学术论文的"基本功"，并不是什么难事；一篇评论真正可贵的是有洞见，与根据这些洞见得来的评断甚至评价。

---

① 因本书作者是翻译大家，为尊重其美学观点，书中部分人名、地名、作品名等未做修改，以供读者品鉴。

艾略特不但是二十世纪的大诗人，更是影响深远的批评大家。他的许多评论文章都没有这些批注或书目，但凭了他的高瞻远瞩，凭了他恢宏的文学史甚至文化史观，凭了他清明的分析与畅达的文笔，他的见解往往深入浅出，令人折服。更重要的是：他虽然不用系统严密的理论，更少乞援于繁琐的术语，但身为重要诗人，仅凭当行本色的创作经验，说话自然就有权威，至少比一般纯学者更有权利。十八世纪的约翰生博士也是如此，短短一段文章，比较朱艾敦与颇普（Alexander Pope）的长短得失，字斟句酌，说理透彻，比喻鲜活，评价精准，一席话胜过百页的论文。所以能够如此，除了他博学深思之外，还因为他自己就是一位杰出的作家，在诗、散文、小说三方面都有贡献，因此创作之道能窥其虚实，手既能高，眼必不低。何况一篇评论如果高明得能够传后，应该不愁没有人来批注：杜甫的《戏为六绝句》，刘勰的《文心雕龙》，都是显例。

余光中
二○一四年七月于高雄

目录 CONTENTS

作者简介

余光中

　　余光中，台湾诗人、作家。祖籍福建泉州，1928 年生于南京，1947 年考入金陵大学外语系，1948 年随父母迁至香港，次年赴台，就读于台湾大学外文系，后赴美进修，获爱荷华大学艺术硕士学位。返台后，历任多所知名大学教授。一生从事诗、散文、评论、翻译，自称为写作的四度空间。多次获文学大奖，被誉为"当代中国散文八大家"之一。

举杯向天笑

——论中国诗之自作多情

1

诗人描写的对象，不是人间世，便是大自然。即使所写多为人事，其活动的背景也往往是天象地理、草木虫鱼，也就是大自然了。涉及自然界的万事万物，若只是写实况，只是究道理，不带感情，也无文采，那便是科学，不是文学了。诗则不然，无论直接或间接，万事万物总是带有主观，其中有个"我"在。"寒波澹澹起，白鸟悠悠下"，似乎是"无我"之境，其实是静观自得、刹那的忘我出神；"我"已经泯入万物了。至于"平林漠漠烟如织，寒山一带伤心碧"，第一句还是纯景，第二句就有"我"了。接下来的"暝色入高楼，有人楼上愁"，那个"我"就更确定了。

写景出现在中国文学里，一般认为是从魏晋以后，亦即所谓"庄老告退，而山水方滋"。论者认为谢灵运不但是山水诗的大家，也是山水游记的奠基人，而大谢以前，中国诗中也尽多写景佳句。我们可以从曹操的《观沧海》一路追溯到《九歌》的"袅袅兮秋风，洞庭波兮木叶下"，甚至《小雅》的"伐木丁丁，鸟鸣嘤嘤，出自幽谷，迁于乔木"。

　　大自然在中国诗中的形象多彩多姿，难以尽述。如以可畏与可亲来区分，则出现在早期诗中的大自然颇有可畏的面目，尤以《楚辞》弥漫巫风的祭祀篇章为甚。例如《招魂》《大招》《招隐士》等篇就极言四方异域如何蛮荒险恶，不可久留。《招隐士》是这样结尾的："虎豹斗兮熊罴咆，禽兽骇兮亡其曹。王孙兮归来，山中兮不可以久留。"《大招》警告亡魂："东有大海，南有炎火，西有流沙，北有寒山。"《招魂》最为紧张，不但四方不可以止，连上下也很危险。巫阳把冥府称为幽都，警告亡魂说："魂兮归来，君无下此幽都些，土伯九约，其角觺觺些！"这话可以理解。但她竟说："魂兮归来，君无上天些，虎豹九关，啄害下人些！"就令人不解了，不知所谓"天国"究竟何处可寄托。天上有虎豹噬人的凶象，直到近代的龚自珍，还在《己亥杂诗》中用来影射君侧。

李白的杰作《蜀道难》极言四川山岳的险阻可畏，至于"扪参历井仰胁息，以手抚膺坐长叹"的地步，令人不禁想起"三招"的描写。李白将乐府的《箜篌引》变调为《公无渡河》，最后几句也骇目惊心："有长鲸白齿若雪山，公乎公乎挂罥于其间！箜篌所悲竟不还。"

直到清初，苦命的才子吴汉槎坐科场弊案，远放宁古塔二十余年，吴梅村送行的《悲歌赠吴季子》仍出以相似的超自然风格："人生千里与万里，黯然销魂别而已。君独何为至于此，生非生兮死非死，山非山兮水非水……八月龙沙雪花飞，橐驼垂腰马没耳……前忧猛虎后苍兕，土穴偷生若蝼蚁。大鱼如山不见尾，张鬐为风沫为雨。日月倒行入海底，白昼相逢半人鬼。"

2

不过中国古典诗中的大自然，仍以可亲的形象为常态。《诗经》虽有"何草不黄"之叹，也有"桃之夭

夭，灼灼其华"之咏，"溯游从之，宛在水中央"与
"江之永矣，不可方思"的浪漫柔情。只是《诗经》所
咏，毕竟多为北方背景，不像南国温暖而多水，草木
茂密，风光明媚。所以丘迟那封流传千古的招降书中，
"暮春三月，江南草长，杂花生树，群莺乱飞"的名
句，只能在南渡之后，从南朝才子的笔端绣出。

儒家早将大自然人文化，久有"仁者乐山，智者
乐水"之说。儒者而兼修道释的柳宗元，以《永州八
记》奠下中国山水游记的基础。他说西山："悠悠与颢
气俱，而莫得其涯；洋洋乎与造物者游，而不知其所
穷。"柳宗元将西山提升到哲学与宗教的高度，成了具
体而微的大自然：所谓"造物者"，就是大自然。柳宗
元说自己上了西山，"心凝形释，与万化冥合"。前一
句是"忘我"，后一句是"入神"，正是人文与自然融
合的最高境界。

面对天地，能够"心凝形释，与万化冥合"，是
中国哲人最可贵的精神。但此情哲人往往心领神会，
却说不出来，或者说得不美，只好让诗人说了。在中
国最好的写景诗中，大自然不但蔼然可亲，甚至能
与诗人心心相应，彼此交感。西方诗学亦有"拟人

格"（personification）之说，其中还包括一项修辞格，让诗人以第二人称直呼不在现场的神、人、物，甚至像死亡、懦弱之类的抽象观念，即所谓"径呼法"（apostrophe）。尽管如此，西方诗中物我相忘之例虽多，天人互动之例却罕见。在基督教的文化里，天人呼应几乎不可能，因为物我之间，不，物我之上还有一万能之神，不容"我"擅自做主，能像狄金森那样向上帝偶尔撒娇，或像邓约翰那样向吾主冒昧诉苦，已经是到僭越的边缘了。

李白《独酌青溪江石上寄权昭夷》前八句说："我携一樽酒，独上江祖石。自从天地开，更长几千尺。举杯向天笑，天回日西照。永愿坐此石，长垂严陵钓。"李白不愧是诗仙，醉中竟然举杯笑邀西天共饮，西天竟然回落日之目、晚霞之脸报他一笑。帅呆了吧！更帅的是：晚霞满天，还可以联想成天也喝醉了，脸都红了。

这样的李白才写得出"暮从碧山下，山月随人归""春风不相识，何事入罗帏"的妙句，才能写出"众鸟高飞尽，孤云独去闲。相看两不厌，只有敬亭山"的妙诗。辛弃疾把此意借去，将本生息，写成更得意的妙句："我见青山多妩媚，料青山见我应如是。""不厌"
变成"妩媚"，更见自作多情。值得注意的是：辛弃疾
《贺新郎》上半阕这两句与下半阕的名句"不恨古人吾
不见，恨古人不见吾狂耳"，是正反相成的。举目见青
山，可喜；回首不见古人，可恨。足见青山长在，而人
事多变。辛弃疾之狂态古人见不到，却幸有青山见证，
更幸青山所见，不是狂态而是妩媚。足见青山青睐，才
真是诗人的知音。《贺新郎》要这样读，才有味道。

3

乐山乐水而山水亦有响应，这种天人默契之境，
宋代以来大盛，尤以苏轼最为生动、最富谐趣。他的
名句"水是眼波横，山是眉峰聚"与"欲把西湖比西
子，淡妆浓抹总相宜"，有隐喻也有明喻，但都止于比
喻，山水仍然是客，并未反身应主。倒是《法惠寺横
翠阁》之句"朝见吴山横，暮见吴山纵。吴山故多态，
转折为君容"，吴山不再安于客体之描述，更反过来变

为主动，反作用于人身了。另一首《六月二十七日望湖楼醉书五绝》之句"水枕能令山俯仰，风船解与月徘徊"，也把自然写成与人亲狎的玩伴，说人卧船上，本是船在起伏，相对地，却像是山在俯仰；船在风中，本来是船在漂荡，相对地，却像是月在徘徊。这种相对互应的动感，苏轼妙笔写来，却像是大自然以逗人为乐。

苏轼最擅七古，《越州张中舍寿乐堂》开头八句妙喻相接："青山偃蹇如高人，常时不肯入官府。高人自与山有素，不待招邀满庭户。卧龙蟠屈半东州，万室鳞鳞枕其股。背之不见与无同，狐裘反衣无乃鲁。"其中第二、第四两句，青山不但拟人化了，而且反客为主，倒过来对人有迎有拒，到人世里来插一脚。第五句是自然介入人文，第六句则是人文倚靠自然，互应相当密切。

苏轼诗中的谐趣，多在日常生活之中，悟出人与万物的微妙关系，透出一分静观自得之乐。下面的摘句足见他如何善友万物，不择细小："山人睡觉无人见，只有飞蚊绕鬓鸣""夜深风露满中庭，惟有孤萤自开阖""岂惟见惯沙鸥熟，已觉来多钓石温""桥下龟鱼晚无数，识君拄杖过桥声"。

　　王安石的名联"一水护田将绿绕，两山排闼送青来"，也是把山水无意的现象写成人情有心的响应。西方把这种手法叫作"陌生化"（defamiliarization），其实可译为"去习求新"。其实，西方有一个更早的术语"人情化"（anthropomorphism），可以用来解释宋诗这种"移情万物"的亲切诗艺。

　　在宋诗中，杨万里也是善于移情万物的大家。他一生成诗四千二百首，像下面这些妙句几乎俯拾皆是："水吞堤柳膝，麦到野童肩""儿童急走追黄蝶，飞入菜花无处寻""酴醾蝴蝶浑无辨，飞去方知不是花""城里万家都睡着，孤鸿叫我起来听""却是竹君殊解事，炎风筛过作清风""风亦恐吾愁路远，殷勤隔雨送钟声""好山万皱无人见，都被斜阳拈出来""老夫渴急月更急，酒入杯中月先入""闭轿那知山色浓，山花影落水田中。水中细数千红紫，点对山花一一同"。

　　敏感又博感的诗人，莫不多情，更且"自作多情"。正因"自作多情"，才会"误会""幻觉"万物皆有情，不但领诗人的情，更且以情报情，有所响应。一般诗人能赋万物以人性，已属不易，但真正"自作多情"的诗人,才能更进一步,使万物受而知报,领而知还。李白的"举杯向天笑,天回日西照"之所以伟大,正因诗人将自身提高到"与自然莫逆,作造物知己"的博爱与自信。这原是圣人的境界,但只有诗人入而能出,说得出来。

康德曾谓:"有二事焉,常在此心,敬而畏之,与日更新;上则为星辰,内则为德性。"此语清醒而庄严,洵为哲人气象。相比之下,我还是觉得李白这两句更生动,更自然,更有趣。

西方诗中不是没有李白、苏轼、杨万里这种天人相应、万有交情的境界,但是能做到布朗宁在《海外乡思》中这三句妙想的,却属难能:

那是聪明的画眉;每首歌他都唱两遍,
怕你会以为他再也赶不上
第一遍妙而无心的欢狂!

雪莱的《西风颂》借用但丁的连锁诗体,层层逼近,气势壮阔,叫来了西风的巨灵,也叫醒了自我的灵魂,但通篇只见诗人向风灵呼喊请愿,诚然动人,却不见风灵有何回应。相比之下，李白呼天而天回应，却自信得多。比起基督徒诗人的原罪意识与一切荣耀皆归于主的自然观来，中国古典诗人"纵浪大化中，不喜亦不惧"的自若，与"万物皆亲、众生如友"的自喜，实在是中华诗艺的可贵美德，值得一切现代诗人深加体会而长保勿失。

曾赋诗人以如许灵感、如此恩情的大块自然、多彩众生，正面临愈演愈烈的文明浩劫。人类不知自爱之余，更祸延自然，连累众生，势将沦为双重的"罪人"。弗洛伊德曾说："文明的主要任务，其存在的真正理由，端在保护人类，抵抗自然。"面临科技进步引来的大劫，这句话只怕是说不通了。为了对自然感恩惜福，诗人的笔该为环保而挥了吧？否则不幸，只怕有一天诗人下笔，要悲叹"我见青山多憔悴，料青山见我应加倍"了。

二○○三年十一月十日

李白与爱伦坡的时差

——在文法与诗意之间

1

时间这东西虽然看不见、摸不着，却固执而顽强，没有力量能挽回或阻挡。它最大的美德是民主：贫富之间最大的差别在空间的分配，但时间的分配却一视同仁，再贵的金表一分钟也没有六十一秒。所以美国喜剧演员马克思（Groucho Marx）说："没有人的脚后跟不被时间踩伤。"时间逼人，逼出了马尔服（Andrew Marvell）的名句：

在我的背后我不断悚听
时间的飞车愈追愈逼近。

苏格兰作家林克莱特（Eric Linklater）却把它改

成了"在我的背后我时常悚听／时间的飞车换挡的声音。"这一改，化古为今，真是绝顶聪明。

海拉克赖忒斯曾叹："抽足再涉，已非前流。"孔子在川上，也感慨说："逝者如斯夫，不舍昼夜！"所谓逝者，一去不回，就是时间。"时不我予"的感慨，无论是西方或东方的圣人，都是心同戚戚。但是在日渐全球化的所谓地球村里，对于时间的感受，"隔球"毕竟还不就像"隔壁"。譬如，中国人去美国，飞过了半个地球，他必须改用当地的时间；反之，美国人来中国，也必须调表。所以对一位远客说来，"易地"就等于"易时"。前年我去西雅图华大演讲中国的诗画，题目正是 *Out of Place, Out of Time*。我取这个题目，用意正在强调：中国古典画所用的不是西方的空间，而中国古典诗所用的也非西方的时间。

时间与空间乃现实世界之两大坐标，其间的关系十分奇妙，或许写诗比用散文较便于表达。我只觉得，两者的关系是相依互补的。例如，地球这只大瓜，若按二十四小时分成二十四瓣，则每片的空间得十五度，因此，说上海距纽约大约是十二瓣，跟说两者相距是十二小时，不过是同一银币的两面而已。这件事当然取决于太阳与地球的关系。超过这个关系，星际的距离就要用光年来计算，于是空间的度量竟要用时间来标明。

2

跨越经线作长途旅行，时差加减只要调表就行了。更有趣的，是中国与西方对时间观念的差异，和由此而来的语言之分歧。中文与西文的一大差异在文法，在于西文多词尾变化（inflection）而中文没有。词尾变化可分人称、宾主、数量、性别等类，已经够麻烦了，但是最大的梦魇还在动词的"时态"（tense）。英文的时态在欧洲的语系中幸好是"一切从简"的了；换了拉丁语系、斯拉夫语系与日耳曼等其他语系，动词时态的变化动辄三四十种，如果再由动词结尾的什么 ar, er, ir, are, ere, ire 等变化来旁生枝节，再加上什么反身动词之类，那就不是一个孙悟空拔毛所能应付得了了。

把好好一个动词变化成许多分身，叫作什么现代式、过去式、未来式、完成式、进行式，又再拼组成什么现在进行式、未来完成式等的次分身，这一切，正说明西方的心灵对时间的各殊面貌是多么地专注而着迷，务必张设天罗地网，追捕其动态与静观。因此，如果说西方的文明是来自对时间的崇拜，恐怕不为过吧？

更有趣的是：英文的 time 一词源出拉丁文的 tempus，而 tempus 的第一义虽是 time，但其引申义却包括 tense（动词时态）与 calamity（灾难），岂非暗示如此繁琐的分歧会引来灾难？

对比之下，中文的动词千古不变，根本没有词尾变化。例如，一个"去"字，无论这动作发生在过去、现在、未来，由我、由你、由他，或由一群人来做，都无所谓，只用同一个"去"字，别无分身。这在西方语系习于条分缕析的人听来，完全不可思议。不过，动词本身虽然不变，却有一些"助动词"（auxiliaries），相当于英文的 shall, will, have, can 之类，来表时态，例如，"要去""会去""去过"便是。用西文的观点来看，中文的动词能通古今、人我、独群、主客之变，简直无所不能，可以不变而应万变。动词

可以一成不变，究竟是拙是巧，是不足或是自由，就
看你怎么诠释了。

3

　　我教英诗已经有四十年，发现若要真正欣赏英诗，
基本的甚至起码的功夫在看通文法：文法没有看通，
诗意就休想彻悟。许多人把诗译错，多半是因为把文
法看走了眼。我常对学生说："没有人读诗是为了文
法，但是不透过文法就进不了诗。文法是守在诗之花
园入口的一条恶犬。"学生们听了，似笑非笑，似懂非
懂。

　　英诗之难懂，原因不一。首先，为了押韵，得把
韵脚放在行末，所以要调整句法，往往更需倒装。何
况句法要有顿挫、有悬宕、有变化，顺序往往不如
逆序，或穿插有致的半顺半逆。例如莎翁十四行第
一一六首之句：Let me not to the marriage of true minds /
Admit impediments. 要回逆为顺，理解为 Let me not admit

impediments to the marriage of true minds，还不算难。但是遇到像席德尼爵士（Sir Philip Sidney）这样的句子：Thy languished grace, / To me that feel the like, thy state descries. 若非真正的行家，恐怕就难以索解了。

其次，与其他西文一样，英文好用代名词。上一句里的人、物、事，到了下一句忽然不见了，变成了 he, she, they, him, her, them, it, its, their 的分身。冤有头，债有主：回到前文去追认谁是本尊，乃是看通文法的基本锻炼。这一步做不到，就难充解人了。例如布雷克的《人性分裂》一诗，就有这样几句：The Cruelty knits a snare, / And spread his baits with care. / He sits down with holy fears, / And waters the ground with tears: / Then Humility takes its root / Underneath his foot. 细读之下，才发现原来"残酷"是雄性，用的代名词是"他"，而"谦逊"是中性，用的代名词是"它"，真是扑朔迷离，雌雄难辨。读英文作品，不幸遇到一堆抽象名词，偏偏又爱戴上代名词的假面具，就会陷入文法的迷魂阵，还有心情去赏诗意吗，真是可疑。

不过若说文法是严守诗苑之门的恶犬，恐怕又言重了。文法复杂苛细，固然有碍诗意，但如运用得当，也能举重若轻，几乎不落言诠就捉住了美感。在动词的时态转化上尤其如此。例如，爱伦坡的《给海伦》中段：

On desperate seas long wont to roam,
Thy hyacinth hair, thy classic face,
Thy naiad airs have brought me home
To the glory that was Greece
And the grandeur that was Rome.

《给海伦》一诗的精彩尽在此段。前三行道尽尤利西斯的乡愁与海伦甚至维纳斯之美，已经诗情洋溢，但高潮却在后面两行，简直是"西风残照，汉家陵阙"的气象。不过这怀古高潮的推动，却只凭一个动词最单纯的过去时态。浑不费力的小小一个 was，就占尽了风流。而这，却是中文无能为力的。翻译的时候，最多只能动用"往昔""曾经""逝去""不再"之类的字眼，但是都太费词、太落实、太复杂，哪像 was 这么直截了当，一字不移。何况这一字可以连用两次而不觉犯重，反而更加气派，可是"往昔"等词却不堪重复。再举史云朋《荒园》（A. C. Swinburne：*The Forsaken Garden*）的一段为例：

All are at one now, roses and lovers,

Not known of the cliffs and the fields and the sea.

Not a breath of the time that has been hovers

In the air now soft with a summer to be.

　　史云朋不能算伟大的诗人，他那着魔的音调也不再像当年那么迷人了，但是此段末二行的动词时态却仍然动人。time that has been 倒还平常，但是 soft with a summer to be 却美极了。单说 soft with summer（夏气轻柔）已经很美，soft with a summer to be 却是说"夏日将至，空气转柔"，就更微妙了。不过中文只能说"夏日将至""夏天将临""快到夏季"等等，也嫌太落实、太郑重、太平铺直叙，哪像 a summer to be 这么飘逸、轻灵、透亮，啊，像是精灵的耳语。英文文法的"不定词"（infinitive）轻而易举的动作，没有动词时态变化的中文却做不到。

　　但是反过来说，没有动词时态变化的中文，在叙事的效果上，也有英文难以胜任的地方。例如李白的《越中览古》：

> 越王勾践破吴归，
> 义士还家尽锦衣。
> 宫女如花满春殿，
> 只今唯有鹧鸪飞。

此诗译成英文，动词时态并不难安排：前三句用过去式，末句用现在式就行了。但是前三句既用过去式叙述，读者心中早有准备，知道这是说的从前，所以末句回到现今，顺理成章。中文原诗正相反，古今的事压在同一平面上，所以末句的落差其来也骤。中国诗在时态上无先后，而中国画在物象上无光影，是因为中国艺术不务实吗？值得好好思考。

二〇〇三年四月八日

捕光捉影缘底事
——从文法说到画法

1

　　欧洲语文在动词的语尾变化上非常纷繁，为的是要把"时间"当钻石，切割成一个多面体，来表达事件如何发生，事态如何演变。时间乃现实的两大坐标之一。动词时态之精细，强调的不仅是时间，更是现实。同样地，自文艺复兴以来，西方绘画发展的透视法（perspective）与明暗烘托（chiaroscuro），则强调物体在空间的现实。所谓透视，是用物体之间远近距离的关系，来造成纵深感；所谓明暗烘托，则用物体迎光与背光的关系，来造成立体感。两者合用，可以造成幻而似真的视觉。

　　西方的语文竭力要掌握时间，而西方的绘画竭力要掌握空间。这现象似乎引向一个结论：西方的心灵很重视现实。英文的 space 一字本义是"空间"，但有时又作"时间"解，我一直觉得奇怪。后来才发现 space 的拉丁文语源 spatium 就有"时间""时代""闲暇"的意义，乃坐实了我直觉时、空之间有"暗度陈仓"之嫌。

对比之下，中国的绘画似乎天真而又自在，并不刻意要掌握西方强调的现实。中国的山水画，以西方的透视看来，往往有双焦点甚至多焦点：远景的尽头可以放大、提高，甚至向前景倾斜，或向后依靠；背景的人物也可以比前景的人物显得更近观者。

至于明暗烘托，中国的古典画中，除了罕见的例外，也没有光源与投影。这当然牵涉所谓"书画同源"，与中国的特有工具，例如纸、绢、笔、墨有关。英国风景画家康斯太勃尔（John Constable，1776—1837）崇奉明暗烘托之法，称之为"艺术之灵魂与利器"。难怪他不满意中国画，说中国人"画了两千年，还没有发现明暗烘托这样东西"。

一百年后，英国的文学家兼艺评家李德（Herbert Read）为中国的艺术家辩护，说中国艺术家在观照自然时，"发现了线条的韵律，而非光影，并且觉得，比起善变而短暂的阳光对物体偶起的作用来，线条重要得多了。中国画家宁可切实掌握基本而稳定的东西"。

古典的中国山水画为了表现山石的肌理、凹凸，甚至明暗，确曾发展出诸如劈斧、乱麻、解索、破网、雨点、米点等皴法，但其作用多在营造山石的结构、体积与质感，而不在光影对照之写实。山石与树丛并不投射在地面，溪桥与扁舟也无倒影在水面。即使皴法所施之累石叠嶂，也看不出光源的方向。

西洋画，尤其是印象派的作品，很少画雨景，印象派的画面似乎连阴天也少见。中国画，尤其是水墨画，却最擅经营云情雨意。故宫深藏的那些山水巨幅，尤其是画在绢上的，经不起光阴的熏染，哪一幅不像阴天呢？若说西方的画家多是嗜光的向日葵，则中国的古代画家根本就不理会这件事情。因此如果说中国画写意多于写实、造境多于写景，应不为过。

2

  阳光普照，昼夜轮回，使我们感觉时间的移动。我们的生命是以昼夜来计算，更积而成年。太阳正是万古的巨钟，共赖的光源。明暗烘托正是西方画家对光的敬礼，广义上，也就是对太阳、对时间的崇拜。时间，不但主宰了西方的语文，更君临了西方绘画的空间。相形之下，中国的语文与绘画既不以时间为主宰，乃转而师法永恒，得以不变应万变。中文的动词万变不离其宗，正如英文的 be；不像英文的动词为时间所逼，竟变成了 is, am, are, was, were, been 的万花筒，还深怕动词不堪其变，更加上 -ing 来分担。所以英文的"生命"叫 being，表示不能脱离"时间"的进行式。To be or not to be, that is the question. 不仅是丹麦王子的问题，更是西方语文的问题。如果去问仓颉，他一定笑答哈姆雷特说：Just be!

  阴影是光的孽子，色彩是光的宠儿，其间的兴衰荣辱，正是艺术史最生动的故事。梵高为了欢迎高更来阿罗，特地把住屋绘成艳黄，还嫌不够，更把户内挂满自己画的向日葵。印象派要把西方画从深褐的阴影中解放出来，到户外的风里呼吸阳光与色彩。自文艺复兴以来，明暗烘托就成为绘艺的主力。早有卡拉瓦乔（Caravaggio）与林布兰，画面暗多于明。继有荷兰的"小大师"们与英国的双杰康斯太勃尔、透纳（J.M.W.Turner，1775—1851），再由戴拉库瓦（Eugene Delacroix，1798—1863）承先启后，终于传到印象派的手里，其发展显然是"弃暗投明"，而其意义正是葵花追日，逐时间之后尘。印象派追日逐光，甚至发现阴影并不寂寞，反而遍布了色彩。集其大成的莫奈，悟出天地间并无绝对的色彩，有的只是光，光是一切；于是他面对干草堆与大教堂，自晨至昏，要捕捉不同时辰光影在物体上的消长变化。他的《莲池》组画是"好色之徒"的结论，也是"嗜光族"缤纷的葬礼。

但是时间对空间的压力并未放手。毕加索中年"变形时期"，企图在二度平面上表现四度空间，而在立体感之外更加上时间的幻觉，所以他画中的人体将正面与侧面扭合于一瞬，造成画中人回头或转身的错觉。这真是妙想通神，不是像一般画面将时间"点穴"，而是将被点的时间"通脉"了。比毕加索此举早二十年的，是企图表现机器或人体正在运动的未来主义，为了营造速度的幻觉，把火车画成千轮，把小狗画成百足。

3

中国画用的既非西方的空间，也就无须承受时间的压力，另有自己处理视觉的艺术。例如，元朝张舜咨、雪界翁合作的《鹰桧图》，黄鹰以爪握枝，兀立雄视，羽毛鲜明，但所栖的桧树山石则苍古阴郁，退为背景，益发显得整个戏台上只有黄鹰独得聚光灯的专注。又如明朝殷偕的《鹰击天鹅图》，惊见鹰俯袭天鹅，正攫鹅头，天鹅则倒栽而坠，双掌翘天。鹰与天鹅的锦毛明艳如云，但背景的天色虚无茫昧，芦苇瑟瑟，光景全被主角的飞禽占尽。这些技巧也可以算作一种明暗烘托，但其对照乃出于象征，而非写实；那光，是内在所发，而非外在所投。

中国的古典画当然不便直接表现阳光，所以几乎没有一幅画是画正午的，最多只能自称是画晚景，但也绝无艳丽的晚霞。最有趣的是中文有"霞"这个字，但画不出来；英文没有一个字可以译"霞"，但西画里却时见艳霞。梵高后期的《奥维庄》画村道旁两棵梨树，黛绿的浓阴后是满天霞光，上则流金，下则凝紫，连路面也映得亮黄。中国古典画当然没法这么明目张胆地炫耀，但其晚景另有动人的魅力。且看宋朝马麟的《夕阳山水图》与《华灯侍宴图》。前一幅题有王维诗句"山含秋色近，燕渡夕阳迟"，但见几只燕子掠水而飞，远山渺渺，余晖淡抹，暝色逼人而来。画虽减笔，诗却添韵。后一幅烘托的是暮色未去夜色将临，高松背后是远峰，远峰背后是一片昏黄的晚空，气氛十分迷茫。画上题诗，虽有"人道催诗须待雨，片云阁雨果诗成"之句，恐怕只是虚写而已。

再看两幅老妇的坐像。梵高早期的水粉画《缝衣妇》用的是正统的透视与明暗烘托，光从右上角的窗口进来，落在人身与桌面，墙壁与地板则蔽于阴影，深浅不一。缝衣妇正引针穿衣，神情冷肃。李可染的水墨勾勒《白描老人》简单得多，并无阴影，脸上、手上、衣上的皱纹全用精准的细线勾成。她显然是一个农妇，满脸的风霜虽不胜忧患，眼神却饱含毅力，嘴唇也紧抿着坚定。画家神乎其技，寥寥数笔便勾出了深刻的感情。

李可染另一幅杰作《街头卖唱》也是用水墨与淡色画成。衬着空廓的背景，盲妪和瘦女似乎为世所弃，没有人会停下来听唱，更不提投钱。她们唱的是"月儿弯弯照九州，几人欢喜几人愁？几人高楼饮美酒，几人流落在街头？"唱歌的是愁眉细眼的女孩，手执响板。伴奏的是手抚月琴的母亲。老妪脸上只有七八条皱纹，女孩眼底只添了两抹淡墨，风尘已尽在其中，画家的悲悯也纸上可掬。这幅画令人不由得想到毕加索蓝色时期的《蓝色吉他师》，那苍郁的色调、绝望的身姿，令人难忘。但李可染这幅简笔水墨，不用烘托，也几乎没有着色，不见得就输给毕加索。李可染后来也酌用西法，把峰影倒映在漓江上，甚至在密林中透出水光，固然妙极，可是我不因此看低他的早作。

4

尽管如此，我们的祖先当初为什么会造出动词不分时态、名词不分阴阳的文字，更画出没有明暗对照的画来，仍叫人感到奇怪。因为《易经》一早就出现在中国哲学的源头，要讲的正是"动"为万变之因，而所以会动，正由于阴阳两仪互替互推。阴阳正是乾坤，不但大而可包天地，甚至私而及于男女。但我们的名词却又那么潇洒，根本不分阴阳，而动词也那么通融，根本不分古今。

我们不但把自然的力量叫作"阴阳"，更把时间叫作"光阴"，直译正是 light-shadow。李白不就说吗，"夫天地者，万物之逆旅；光阴者，百代之过客"。一明一晦，一昼一夜，谓之光阴，也就是时间。光阴，是时间最感性最生动的名字了。"时光"与"光景"是它的别名。印象派的画家要是知道这件事，一定十分兴奋。康斯太勃尔若懂中文，一定会懊悔自己失言了。

二〇〇三年四月十六日

读者，学者，作者

1

不时有人会问我："诗应该怎样欣赏？"

这问题实在难以回答，至少我无法答得圆满。如果问者是一位陌生人，我就会说："那看你对诗有什么要求。如果你的目的只在追求'诗意'，满足'美感'，为自己的生活增加一点'情调'，那就不必太伤脑筋，只要兴之所至，随意讽诵吟哦，击节称赏，在幻想中'自慰'或'自虐'一番，做一个诗迷就行了。"《世说新语》所谓"但使常得无事，痛饮酒，熟读《离骚》，便可称名士"，恐怕就是这种味道。所谓名士，就是只求尽兴，不必负责的意思。换了王逸，读起《楚辞》来，怕就没有这么洒脱了。李商隐的诗，人称难懂，惹得元好问叹气说："诗家总爱西昆好，独恨无人作郑笺。"试看李商隐的《碧城三首》之一：

碧城十二曲阑干　犀辟尘埃玉辟寒
阆苑有书多附鹤　女床无树不栖鸾
星沉海底当窗见　雨过河源隔座看
若使晓珠明又定　一生长对水晶盘

梁启超在清华演讲的时候却说："这些诗，他讲的什么事，我理会不着，拆开一句一句地叫我解释，我连文义也解不出来。但我觉得它美，读起来令我精神上得到一种新鲜的愉快。"足见像梁启超这样的大学者，面对某一类诗，竟也束手无策，难作解人。"郑笺"的功用，也有时而穷，知性既穷，也只有像梁启超这样，全靠感性了。足见做一个感性的纯读者，也不是一件不体面的事。

"要是我不甘心只做一个纯读者，而要更进一步，做一个学者呢？"那陌生人说。

"那么诗就变成了一门学问，不再是纯粹的乐趣了。诗迷读诗，可以完全主观，一切的标准取决于自己的口味。学者读诗，却必须尽量客观，在提出自己的意见之前，必须多听别人的意见，在进入一首诗的核心之前，更必须多认识那首诗的作者生平、时代背景、社会环境。纯读者可以不理会一首诗的技巧，只要具有'慧根'，也就是现代所谓的'敏感'，能充分享受那技巧造成的效果就行了。学者则不然，除了领会效果，还要能追溯技巧，详加分析。一首诗为什么读来悲壮或柔美，身为学者，应该能在音调、意象、语言、结构各方面分析其原因。换句话说，诗之为美，纯读者只须知其然，学者却应该知其所以然。纯读者不对谁负责，学者却应对读者负责。学者对诗的责任，不但在求自己了解，还要帮助别人了解。"

"如果我野心更大，还想做诗人呢？"

"那诗就变成了艺术，不再是学问，也不仅是乐趣。本质上，诗人和学者也是读者，但他们是特殊的、专业的读者，目的不同，所以读法也不同。学者读诗，因为是做学问，所以必须耐下心来，读得深入而又全面，遇到不配胃口的作者或作品，也不许避重就轻，绕道而过。诗人读诗，只要拣自己喜欢的作品，不喜欢的可以不理——这一点，诗人和纯读者相同。不同的是：纯读者享受到读诗的乐趣，就达到目的了；诗人却必须更进一步，不但读得陶然，还要读得警醒，才能时时触类旁通，活师前人。譬如食物，纯学者只求可口，诗人在可口之外，尚须寻求营养。诗人面对一首好诗，总想见贤思齐，就像徒弟面对师父，总想学点什么手艺，或供眼前使用，或待他日翻新出奇，甚至把师父都比了下去。学者继承了已有的财富，加以清点并评价，诗人却挣来新的财富。"

2

　　一般纯读者往往在少年时代爱上了诗。那种爱好往往很强烈，但品位十分主观，眼界也十分狭窄。纯读者于诗浅尝便止，欣赏的天地往往只限于三五位诗人的三五十篇作品；因为缺乏比较，也无法鉴别，这几十篇作品便垄断了他们的美感经验，似乎天下之美尽止于此了。这类读者一过了青春时期，对诗的兴趣不再发展，以后阅读所及，遇到不同风格，尤其是更为繁富的作品，总会感到格格不入。许多纯读者对于现代的好作品最为排斥，因为新的佳作需要读者调整自己僵硬的感性，这种挑战是许多人不愿接受或无力应付的。在自尊的心理上，排斥一篇新作总比承认自己感性失调，要好受一些。

纯读者的兴趣往往始于选集，也就终于选集，很少发展及于专集，更不可能进入全集。且以《唐诗三百首》为例，因为未选李贺，所以纯读者往往不读李贺。至于杜牧，因为所选八首之中，七绝占了七首，所以在纯读者的印象之中，他似乎成了专用七绝写纤丽小品的诗人了。小时候，我几乎以为《唐诗三百首》就等于唐诗。后来在其他的选集里发现《秋兴八首》《同诸公登慈恩寺塔》《公无渡河》《把酒问月》等诗，就不免怪蘅塘退士竟然遗漏了这许多杰作。在大学读外文系时，我又几乎以为英诗的精华尽在巴尔格瑞夫所编的《金库》（*The Golden Treasury*），后来才领悟《金库》所藏，尽是歌行体和抒情体的短诗，根本还没有触及叙事诗、玄想诗、状物诗之类的长篇巨制。

要领会一位大诗人的"分量"而不翻一翻他的全集是不可能的。我只是说"翻一翻"，因为逐篇读完一部全集，是极为费神费时的工作，只能期之于专家，不能奢望于一般读者。但是不翻一翻全集，就不会明白为什么霍斯曼不是大诗人，为什么艾略特的主题狭窄，为什么美国诗选里惠特曼的分量应该重于爱伦坡。
不翻一翻王文诰的《苏文忠公诗编注集成》，也难以明
白为什么在所有的宋诗选里苏轼的作品入选最多。

　　纯读者的胃纳不但窄小，而且偏食。因为纯读者
大半是青少年，对人生的态度不免理想而浪漫，所以
对诗的要求也往往止于"纯情"。譬如辨味，我们在儿
童时代欣赏得最早且嗜之无度的，总是甜味。不解喝
酒的人，也只能喝点甜酒。一个人要欣赏酸、咸、苦、
辣等滋味，总是后来的事。"纯情"的诗，正是一般读
者的"糖糖"。元好问讥秦观的作品是"女郎诗"，意
思相近。一个人的口味往往从甜发展到酸、咸、苦、
辣，但是一个人对诗的品味往往就止于甜，因为东西
是天天要吃的，诗却不然。许多纯读者乐之不疲的纯
情诗，对于资深的读者，只能算是正餐后面的甜点。

　　当然，同样是甜，也有高下之分。鲜果的清甘比
起蜜饯的甜腻，自不相同。而橄榄的酸余有甘，好茶
的苦尽甘来，也不是人工的方糖所能比拟。大致说来，
唐诗甘醇，宋诗苦涩。在唐诗之中，李白清甘，杜甫
就兼有五味而往往在酸苦之中透出甘洌，孟郊酸中带
苦，韩愈苦中有辣。诗甜则快，苦则慢，甜如少年，

苦则有中年味。比起唐诗来，宋诗便像中年人的诗。李白的诗，能快不能慢，所以读多了觉得有点飘浮；杜甫就沉下气来，能慢，所谓"沉郁顿挫"，就是慢而有味，慢得有力。杜甫在节奏上"反快"正如在味道上"反甜"。在这方面，宋诗主要是跟着杜甫走的。苏轼说陶潜的诗"质而实绮，癯而实腴"，其实我们也可以说"淡而实甘"。陶潜不像杜甫那样以苦咸来抗拒甜味，他超乎五味之上，用淡来涵育清甘。杜甫的诗仍是有为的，陶潜已经无为。

俗语常说"尝到甜头"，人总是爱吃甜的，至于"苦头"，人人都怕吃。可是读诗如果只能尝尝甜头，而不能在苦头里嚼出甜头，那就只算浅尝，而纯读者大半是浅尝辄止的。以诗风而言，浪漫派抑知性而纵感情，甜头最多。以诗体而言，抒情小品比起讽刺诗、玄想诗、状物诗和长篇的叙事诗来，也要甜些。纯读者喜欢的，正是这些。以英诗而言，纯读者最喜欢分段押韵的格律诗，因为它句法单纯，节奏分明，最"像诗"；至于无韵体（blank verse）和自由诗（free verse），就不易领略了。对于纯读者说来，华兹华斯的《亭腾寺上行数里所赋》就远不如他的《水仙花》

或《露西组诗》富于"诗意"。中国古典诗体之中，律绝之类的近体也似乎比古风更有"诗意"，所以纯读者对于李商隐的《嫦娥》和《夜雨寄北》容易一见倾心，而对于《韩碑》之类的古风就难以接受了。推其原因，西洋分段押韵的格律诗，和中国诗里的近体，形式接近于歌，所以更像"诗"；而无韵体也好，自由诗也好，古风也好，对比之下，都似乎较近于散文。歌的味道不但甜，形式也比较整齐、鲜明，欣赏起来最不伤脑筋。许多人把诗叫作诗歌，对诗的要求也几乎等于歌词，观念实在不太清楚。诗比歌要复杂得多，不少繁富而宏大的诗往往含有一般人认为"没有诗意"的东西。诗要创新，就得把传统所谓的"诗意"不断扩大，把原来认为"散文化"的东西提炼，提升为诗。这原是一部诗史发展的过程，却很少有纯读者能体会。保守的读者在欣赏的趣味上，不但狭窄，而且固定，所以尝来尝去，总是当初那一点"甜头"。

3

　　原则上，学者读起诗来，一方面要比纯读者更客观更公正，另一方面却要更深入更彻底。学者既是专业的读者，就应该具有专业的修养。在读一首诗之前，他必须尽量熟悉诗人的生平、风格、时代等"背景"。在读的时候，他又必须玩味诗的主题，分析诗的结构，掌握意象、音律、语言、典故和各种修辞上的技巧。也就是说，一首诗的里里外外，凡应该知道的，他都不可错过。世界上有许多好诗，出自生活，发自性情，语言又天然纯真，像《古诗十九首》便是。读这种诗，无须多做准备工作，纯读者和学者同样能够欣赏。但不是一切好诗都这么深入浅出，像杜甫的《诸将》《秋兴》《咏怀古迹》等作，要仔细欣赏，就不免要做一点准备功夫；这当然是纯读者要靠学者的地方。

　　但是学者是否一定可靠呢？原则上说来，学者做过准备，受过训练，能知纯读者之所不知；但在实际上，学者读诗，领悟的不一定胜于纯读者，有时候就因为蔽于知识，迷于细节，反而看走了眼。

　　纯读者读诗，往往要乞援于注解和诠释。但传统的注解往往避重就轻，不释题旨，不解句意，反而专在所谓"出处"上大下功夫。如果那出处真的涉及典故或事端，倒也必需，但往往只是前人类似的词句，究竟是否后人所本，颇有问题，即使真为后人所袭，也往往无助于了解该诗。且以杜牧的七绝《泊秦淮》为例：冯集梧所注《樊川诗集注》在"烟笼寒水月笼沙"句下注道"《淮南子》天之所闭也，寒水之所积也，《庾信小园赋》荆轲有寒水之悲"；在"夜泊秦淮近酒家"句下则是"《晋书·卫恒传》或时不持钱诣酒家饮"。这些"出处"跟诗中的"寒水""酒家"根本没有关系；谁要是读了这些注才懂这两句诗，那才是怪事。又如苏轼七律《十月十五日观月黄楼席上次韵》的末联："为问登临好风景，明年还忆使君无？"施元之注作："王维《林园即事》诗'弥伤好风景'。杜子美《江南逢李龟年》诗'正是江南好风景'。"其实，"好风景"原是极普通的字眼，根本不用追溯出处，何况东坡之句和王维、杜甫并不相干。学者一旦染上这种出处癖，除了矜博之外，对读者并无什么帮助。

　　滥寻出处，不过是浪费篇幅，徒劳读者，并无大害。学者读诗的大病，在于看到一些蛛丝马迹，便疑心是微言大义，强把无所用心的写景抒情解成别有寄托的刺时讽世。这样的穿凿附会，从《毛诗》解《关雎》为美太姒后妃之德到"四人帮"时代的梁效把"相见时难别亦难"解为讽刺"腐朽势力"，说明中国的文学批评之中，有一派"泛政治主义"的学者整天疑神疑鬼，恨不得沦文学为政治的附庸、历史的索引。韦应物的佳句"独怜幽草涧边生，上有黄鹂深树鸣"，赵蕃说成是君子在下小人在上之象。王维的"太乙近天都，连山到海隅"，则被解为"言势焰盘据朝野也"。编注《词选》的张惠言，是这类指鹿扪象学者的代表。他把温庭筠的《菩萨蛮》（小山重叠金明灭）说成"此感士不遇也。篇法仿佛《长门赋》……'照花'四句，《离骚》初服之意"；欧阳修的《蝶恋花》（庭院深深深几许），又被他说成"庭院深深，闺中既以邃远也。楼高不见，哲王又不寤也。章台游冶，小人之径。雨横风狂，政令暴急也。乱红飞去，斥逐者非一人而已。殆为韩、范作乎"；至于苏轼的《卜算子》（缺月挂疏桐），则被张惠言引鮦阳居士之说解成"缺月，刺明微也。漏断，暗时也。幽人，不得志也。独往来，无助也。惊鸿，贤人不安也。回头，爱君不忘也。无人省，君不察也。拣尽寒枝不肯栖，不偷安于高位也。寂寞沙洲冷，非所安也"。

这种"泛政治主义"的文学批评，一味捕风捉影，深文罗织，不但曲解原意，难以自圆其说，就算是诠释得句句巧合，头头是道，也把天机浑然的兴到之作丑化成了扭捏作态的怨臣之语。果然如此，一切美好的抒情诗，也就是王士禛所谓的"风雅"，岂不都成了政治谜语？然则我们何不直接去读历史，岂不远胜这种嗫嚅唏嘘的怨词？这样的寄托，不但没有美化君臣的一伦，反而糟蹋了大自然之美。"上有黄鹂深树鸣"本来是多么优美的意象，学者却为我们揭开谜面，说那善鸣的黄鹂原是小人！壮丽华美的世界，原来处处都是危机，草木虫鱼，原来都是妖魔的化装！这样的学者不但误导了读者，而且歪曲了作者，真是帮了倒忙。不过这情形到了现代文学批评里，有了"改善"，有时甚至矫枉过正。自从弗洛伊德的心理分析应用到文艺批评，"泛政治主义"似已被"泛性主义"所取代。古人的情诗，曾被传统学者解成政治寓言，到了现代学者手里，不但还它原来面目，而且往往朝性爱的方向推进。诗中的一草一木，以前曾是时局与政情的道具，现在却又变成了性爱的象征。例如，《桃花源记》的源头洞口，有一位日本教授便说它是女性器官的象征。昭明太子读《闲情赋》，已经大惊小怪，叹为白璧微瑕。听到日本教授的奇论，岂不更为震骇？

学者读诗，还有一个毛病，便是吹毛求疵。苏轼《惠崇春江晓景》第一首，有"春江水暖鸭先知"句。毛奇龄在《西河诗话》里挑他的毛病，说水中物皆知冷暖，何必举鸭，又说鸭知水暖，究先于谁？钱锺书斥"西河说"："是必惠崇画中有桃竹芦鸭等物，故诗中遂遍及之……西河未顾坡诗题目，遂有此不根之谈。"其实像毛奇龄这种爱抬杠的人，是不可喻于诗的，因为苏诗如果原作"春江水暖鹅先知"，他仍然会说何以鸭不先知：如此纠缠，殆无已时。东坡所说"赋诗必此诗，定非知诗人"，正指这种横人。又如杜牧《赤壁》之句"东风不与周郎便，铜雀春深锁二乔"，原以二乔之不保暗示东吴之不存，从周郎联想到二乔，本是最自然不过的事；《彦周诗话》却说："孙氏霸业系此一战，社稷存亡生灵涂炭都不问，只恐捉了二乔，可见措大不识好恶。"足见挑剔细节也好，指陈大义也好，都非知诗之人。

　　古典学者论诗，多半出以诗话的形式。诗话的毛病在于东鳞西爪，浅尝辄止，论断又偏于印象，至其极端，更用形象生动的譬喻。例如，元代诗人虞集论时人之诗，便说"杨载如百战健儿，范梈如唐人临晋帖，揭奚斯如美女簪花"，他自己则如"汉廷老吏"。苏轼则谓山谷诗"如蠐蚷江瑶柱，盘餐尽废，然不可多食，多食则发风动气"。西方也有这种譬喻式的批评，例如魏尔比（T. Earle Welby）把史云朋譬喻为羊蹄的牧神，笑声刺耳地闯进了一个维多利亚的茶会，比尔邦（Max Beerbohm）则把史云朋形容成"一只无力营巢的歌鸟"。印象主义的批评到了十九世纪末的法朗士，臻于高潮。他说：

　　在我看来，文学批评正如哲学与历史，乃专为审慎而好奇的心灵而设的一种小说。追根究底，一切小说无非是自传。能神游杰作名著之间而记其胜始足为文评行家。

　　这样的文学批评诚然是主观的，而实际上，法朗士紧接着又说："客观的批评并不存在，正如客观的艺术并不存在。"

高明如杜牧，神游李贺之诗后，如何记其胜呢？他是这样说的：

云烟绵联，不足为其态也；水之迢迢，不足为其情也；春之盎盎，不足为其和也；秋之明洁，不足为其格也；风樯阵马，不足为其勇也；瓦棺篆鼎，不足为其古也；时花美女，不足为其色也；荒国陊殿，梗莽丘垄，不足为其恨怨悲愁也；鲸呿鳌掷，牛鬼蛇神，不足为其虚荒诞幻也。

这真成了灵魂在杰作中的探胜冒险，不但全凭印象，而且九种印象之间，颇多矛盾。例如："时花美女"就很难和"瓦棺篆鼎"联想在一起；"水之迢迢""春之盎盎"，也和鲸鳌牛蛇互相抵触；而既已"明洁"，也不可能"云烟绵联"。读完之后，我们只觉得杜牧是在抒情，不是在评论。在古典传统之中，李贺素有鬼才之称，这当然不太公平；但是李商隐却说李贺之死是应召升天："帝成白玉楼，立召君为记，天上差乐不苦也……呜呼，天苍苍而高也，上果有帝耶？帝果有苑囿宫室观阁之玩耶？苟信然，则天之高邈，帝之尊严，亦宜有人物文采愈此世者，何独眷眷于长吉而使其不寿耶？噫，又岂世所谓才而奇者，不独地上少，即天上亦不多耶？"照李商隐的说法，李贺实在应该称为仙才，和世人鬼才之说，恰恰相反。杜牧和李商隐同时，去李贺之时不远，而对李贺的"印象"如此不同，也可见"印象"之不可靠。

二〇〇四年二月

成语和格言

1

一个民族的语文，依其文化的长短深浅，总有不少惯用的语句，泛称成语。其中流行众口的，或称俚语、熟语、谚语、俗话；有籍可考的，可称名言；语惊四座的，可称警句；有理要说的，可称格言，说得道学气的，又称箴言。为了便于归类，我想把这些名称武断地分为成语与格言两种，并且认为成语较短，可以是短句，也可以是词组，而格言该是整句。更认为，成语大半表现事态，而格言大半要说道理。譬如"张三李四"只是成语，但"功不唐捐"便是格言了。

在折旧率愈来愈高的时代，最贵的东西反而是古董，最流行的话反而是成语。古董虽贵，但价高未必有市。成语，也就是古人之言，却出于众口，入于众耳，简直"不可一日无此君"。当代最流行的话并非出

自金庸或亦舒、昆德拉或村上春树，而是出自古人之
言。例如"一言难尽"或"一言不合"，皆从古代传
来，正是成语。

古人之言，或言简意赅，或深入浅出，或音调响
亮，或结构匀称，或形象鲜明，历千百年而不衰，反
而愈说愈顺口（愈写愈顺手），乃成为成语。目前我
们每天出口的成语，有许多早已脱离了上下文，变成
了独立的词句，就算不知出处，也无妨碍。许多人
没有读过《论语》，照样能说"道听途说""言不及
义""以德报怨""以文会友""文质彬彬""慎终追
远""见仁见智""当仁不让""有教无类""割鸡焉用
牛刀""小不忍则乱大谋""人无远虑，必有近忧"。同
样地，未读《老子》的人照样会说"天长地久""金玉
满堂""出生入死""大器晚成""受宠若惊""和光同
尘""玄之又玄""小国寡民"等四字成语。其实有不
少成语本来并不像现在这样顺顺当当的四字一句，例
如"和光同尘"，本来是"和其光，同其尘"，而"道
听途说"本来是"道听而途说，德之弃也"。但时光
如河，语法如沙，日磨月磋，竟把一切都磨去了棱角，
只留下光润圆滑的四字语法，那么顺口又那么自然，

像满滩的卵石。

很多人以为白话取代了文言之后，文言就全废了。其实文言并未作废，而是以成语的身份留了下来，其简练工整可补白话的不足，可在白话的基调上适时将句法或节奏收紧，如此一紧一松，骈散互济，文章才有变化，才能起波澜。

2

成语既为民族智慧之结晶，人同此心，心同此理，所以世界各国的成语、格言，往往互相巧合，甚至酷似，令人惊喜。且看英文的例子：

Constant dripping wears away the stone.（滴水穿石）

Familiarity breeds contempt.（近之则不逊）

More haste, less speed.（欲速则不达）

Practice makes perfect.（熟能生巧）

Speak of the devil and he is sure to appear.（说曹操

曹操就到）

Strike while the iron is hot.（打铁趁热）

He who rides a tiger is afraid to dismount.（骑虎难下）

最后一例不免令人怀疑，因为英国并无老虎。说不定这格言是传自中国。亚里士多德的名言"一只燕子还不算夏天，一个晴日也不能算"，辗转传后，变成了四国的格言；只是英文与西班牙文仍保留"一燕不成夏"的原意，法文与意大利文却变成了"一燕不成春"了。下面依次是英、西、法、意的原文：

One swallow does not make a summer.

Una golondrina no hace verano.

Une hirondelle ne fait pas le printemps.

Una rondine non fa primavera.

有些民族的想法虽然跟我们不同，但他们的成语我们读来仍会发会心之微笑，感到新颖有趣。例如：

客人一小时见到的，比主人一年所见更多。（波

兰谚语）

至爱来自母亲，其次来自狗，更次来自情人。（波兰谚语）

小偷成双出动，骗子却是一人。（美国谚语）

波斯古国的谚语充满智慧，尤饶谐趣。最感人的一句是："我一直抱怨没有鞋，直到看见有人没有脚。"最近伊拉克战争期间，有不少小孩缺手缺脚，若用这句话来注释照片，一定加倍可悯。波斯古谚还可举例如下：

大鼓只能远听。

蛇老被蛙欺。

一朝被蛇咬，从此怕见绳。

一个人头愈大，头痛就愈厉害。

在蚂蚁家里，一滴露就成水灾。

让他见识死亡，就会安于发烧。

死亡是头骆驼，会在家家门口躺下。

相信神明，但拴好你家骆驼。

小时偷鸡蛋，长大偷骆驼。

3

成语与格言，就像《天方夜谭》的瓶中巨灵，其魔力正在寓大于小，把哲学的大道理浓缩在如诗的短句之中，令人体会无穷。大致说来，成语的美学有三个条件：简洁、对称、悦耳。

英国有一句格言说："简洁乃妙想之灵魂。"（Brevity is the soul of wit.）神思妙想，当如电光石火，一触即发，不可犹豫，不容修改，才肯定有力，一言九鼎。若是吞吞吐吐，翻来覆去，就显得只有寻思，未得结论了。凡是格言，必为整数，后面不能拖小数点。何况句子长了，就不好记，也就乏人引用，怎能流传久远？例如"一言难尽"，如果拖成"不是一句话就说得清楚的呀"，就散成一堆沙了。

第二个条件是对称。中国的方块字要营造对称之美，太理想了。对仗，正是中国文体的一大特色。大而至于一篇骈文，小而至于一首律诗、一副对联，都可以在对仗上做到尽善尽美。成语正是这种对称美学具体而微的最精致样品，口头笔下，每天供我们运用自如，真是中文最可贵的遗产，最通用的现金。例如"门当户对"一句，名词对名词，动词对动词，方块对方块，平平对仄仄，一抛一接，一呼一应，无论在意义上、文法上，还是在视觉上、听觉上都充分满足了我们的美感。又例如，古人论画，常有"曹衣出水，吴带当风"之说，真是美极妙极。西方论画，无论是瓦沙瑞（Giorgio Vasari）的名著《意大利建筑、绘画、雕塑名家列传》或是戴拉库瓦的《日记》，有这么生动、高雅的美文吗？

　　西方语文当然也可以追求对称之美，不过拼音文字长短不一，文法又多语尾变化，加以虚字夹缠其间，就算勉强对仗，也总不如中文这么灵活。例如"张三李四"一词，接近英文的 Tom, Dick and Harry，但是英文的人名有长有短，还夹了一个连接词，根本对不起来。就像"春夏秋冬"在中文是势均力敌的四个实字，用英文说却多出一个 and 来一样。英文成语里，勉强接近中文的对称句，也可以举出一些，例如 Like father, like son.（有其父，必有其子）／ Easy come, easy go.（来得容易，去得容易）／ Two is company, three is none.（两人成伴，三人就乱——指夫妻关系）／ Spare the rod and spoil the child.（饶了棍子，宠了孩子）其实这些句子仍然不如中文成语那么"门当户对"。

第三个条件是悦耳，也就是说来顺口，所以用字必须单纯，音调必须响亮。为了顺口，音调在响亮之外更要前呼后应，你抛我接。例如 Little strokes fell great oaks.（浅砍千次，巨橡不支）呼应全在押韵的 strokes, oaks。又如 A stitch in time saves nine.（乘早缝一针，到头省九针）呼应则在半谐音（assonance）的 time, nine。再如 Neither rhyme nor reason.（不可理喻）则用头韵（alliteration）来互答。

4

英文所谓"四字语"（four-letter word）是指骂人的脏话，中文的脏话却是"三字经"。中文的成语大半以四字为其基调。所谓"四字成语"，在结构上可以分成两类：一类用单行句法说一件事情，文法上是一完整句；另一类用骈行句法说一种状态，文法上只是一个词组（phrase）。"天下为公""无为而治""不可儿戏""大器晚成"，都不对仗，属前一类；"三长两短""千方百计""天经地义""花前月下"，前二字与后二字在意义、文法、音调上都形成对仗，属后一类。

在结构上，骈行的四字成语，往往将两组同义字或反义字拆开，交错搭配。例如"千军万马"，原意只是"千万军马"，极言其多，但拆开了交叉重组，便成对仗，而且平平仄仄，顺口悦耳，美学结构于是完成。如果拆开后配成了"千马万军"，就变成了平仄仄平，读不顺了，不成美学。

同样地，"千山万水"改成"千水万山"意义上并无差别，但平平仄仄的美学就破格了。所以后面这些四字成语都用这种原理形成：千方百计、千锤百炼、千言万语、千钧一发、千年万代、千奇百怪、千头万绪、千辛万苦、千门万户、千真万确、千依百顺、千岩万壑、千丝万缕、千呼万唤、万紫千红、天长地久、天公地道、天昏地暗、天荒地老、男婚女嫁、郎才女貌、三从四德、三心两意、山长水远、山盟海誓……这样的组合该在千句甚至万句以上。这种音义交错的对仗句式，令人想到西方作曲的"对位法"。

　　不过，中文四字成语的结构，有时并非仅音义兼顾，而且重音轻义。例如"山明水秀"一句，水当然可明也可秀，而山，怎么会明呢？可见为了顺口，有时竟会放过逻辑。"红男绿女"也是如此。通常红色会联想到女性，所以有"红颜""红粉""红袖""红妆""红楼""绯闻""桃色"等词。此地却将"红"字安排给男性，无他，只因"红""男"都是平声罢了。另有一句更是四字成语的异数，那便是"乱七八糟"。姑且不论平仄，即论词属，原本也该"乱七糟八"或"七乱八糟"；竟云"乱七八糟"，真是乱七八糟了。

　　中文成语虽以四字句为常态，也不乏较长的句法。例如五字的"无巧不成书""物以稀为贵"。又如六字的"无所不用其极""神不知，鬼不觉"。七字句最多，因为可用诗中名句，甚至杯筊的签诗也是七言：俗话便多"真金不怕火来烧""不到黄河心不死"之句。至于八言，像"成事不足，败事有余"或"成也萧何，败也萧何"，其实还是以四字句为基调。

5

新文学改用白话，不再写文言，但是文言的智能与语法却靠数以千计的成语保留了下来，像一笔丰富的遗产，不用交税，也无须兑现，口头笔下，永远是取之不尽、用之不竭的现金。

成语用在白话文里，可以润滑节奏、调剂句法、变化风格。我们很难想象，一篇文章能完全不用成语，因为那样的文章必然累赘冗长；也难以想象一篇文章每逢紧要关头，只会用成语来应付，因为那样的作家只能靠古人来思想，拾古人的牙慧。满口成语的人似乎油嘴滑舌，反之，绝口不用成语的人却要费许多唇舌。大凡够格的作家，都会酌量地驱遣成语。

"惟陈言之务去"，是散文大家韩愈的主张。敏捷的作家要活用成语而不拘泥于成语，就应该悟出如何因势导势，借力使力，以我之四两，拨彼之千斤。活用成语，就如向传统借本钱，加些巧力，来赚创造的利息，其妙正如活用典故，务必化古为今，推陈出新。如此移花接木，读者见了，似曾相识，就如见到熟人的孩子，认得出很像他父亲，却另有自己的几分可喜。

这种戏拟的手法，英文叫作 parody，王尔德乃其中高手。我曾举英文成语，说婚后的日子，"两人成伴，三人就乱"（Two is company, three is none）。王尔德却戏言三角关系之妙，竟说"三人才有伴，两人不作算"（Three is company, and two is none）。他讽刺婚姻，又说"离婚乃天作之分"（Divorces are made in heaven），而夫妻当众调情是"干净内衣当众洗"（Wash one's clean linen in public）。

莎士比亚的名剧《仲夏夜之梦》，曾有人加上一字，成了"仲夏夜之梦遗"，真是调皮，却无法英译。美国诗人吉尔默（Joyce Kilmer）写树的名句 Poems are made by fools like me, / But only God can make a tree，被谐诗鬼才纳许（Ogden Nash）轻轻一扭，就成了妙趣：Poems are made by fools like me, / But only God can make a trio. "树"一扭成了"三重奏"，原来是影射圣三位一体（The Trinity），十分好笑。

我翻译王尔德的喜剧《不可儿戏》，碰到过这么一段话：You should get married. A misanthrope I can understand—a womanthrope, never! 这是劳小姐劝蔡牧

师结婚的一段话，不幸她咬文嚼字，把 misogynist（憎恨女性者）误说成 womanthrope（厌女者），却妙在与前文的 misanthrope（厌世者）同一格式。如果我不求变通，只将就直译成"一个厌世者我可以了解——一个厌女者，决不！"听众一定茫然。结果我乞援于中文的四字成语格，把英文的名词变通为中文的短句："一个人恨人类而要独善其身，我可以了解——一个人恨女人而要独抱其身，就莫名其妙！""独善其身"原为成语，"独抱其身"却是将"抱独身主义"的意思铸入"独善其身"的语法而得来的。

《不可儿戏》里另有一处，两个好友谈到乡下生活，亚吉能问乡下来的杰克，在乡下他逗什么样的人开心，杰克轻描淡写地答道：O neighbors, neighbors. 我的中译仍然要靠自然而又好懂的四字成语。所以我译成："哦，左邻右舍呀。"如果直译成"哦，邻居邻居"就太奇怪了。

该剧又有一处，巴夫人盘问追求她女儿的少年："我一向认为，有意结婚的男人，要么应该无所不知，要么应该一无所知。你是哪一类呀？"杰克犹豫了一下说："我一无所知。"前一句的原文是……should know either everything or nothing，后一句则是 I know nothing。如果译成"应该什么都知道或什么都不知道"，就太啰唆、太稚嫩了。足见对付英文或其他西文的名词，尤其是抽象名词，还得动用中文的短句，尤其是简洁有力的四字成语。

6

我有一本近著，书名《含英吐华》，评论的正是英文作品应如何中译，但其四字句法却本于成语"含英咀华"。我只改了一个字，原句的"英""华"就变成了英文与中文：进口的是英文，出口时却是中文了。所以成语之为用大矣，不但可以原封照搬，更可器官移植，托古改今，与时并进，而更活泼了、丰富了中文。

我另有一本书，名叫《井然有序》，收集的都是为他人所写的序言。这四字成语原封不动，但"序"字的意思却扩大了。我的散文集《日不落家》，书名所套的"日不落国"之句，不是中文成语，而是一句英文，说大英之为帝国，殖民地遍布全球，阳光照处，必有英属领土。一九九七年，我家四个女儿分别住在加拿大、美国、英国、比利时，而我们夫妻住在中国台湾，所以我们余家也称得上是"日不落家"了。

此外，我的书名有四字成语架式的，尚有《五陵少年》《白玉苦瓜》《青青边愁》《分水岭上》《春来半岛》《隔水观音》《隔水呼渡》《五行无阻》《高楼对海》等多部。这四字句型，可说已经成为我书名的常用格式了。

为了写这篇文章，我曾回顾自己的文体诗风，发现这四字句法，不论是单行或骈行，对我的语言风格都颇有贡献。我曾说自己的语言是"白以为常，文以应变"，意思是用白话作基调，而酌用文言来变调，来调整弹性、速度、口吻与场景。所谓文言，不必高古深奥，但求稳健精简；不必华辞丽采，但求言不虚发，辞无浪费。例如《白玉苦瓜》的最后几行：

……一只仙果

不产在仙山，产在人间

久朽了，你的前身，唉，久朽

为你换胎的那手，那巧腕

千晒万睐巧将你引渡

笑对灵魂在白玉里流转

一首歌，咏生命曾经是瓜而苦

被永恒引渡，成果而甘

"千晒万睐"是四字成语的新铸，形容玉匠在真苦瓜与玉雕苦瓜之间反复比对，务求将苦瓜的灵魂注入白玉。最后两行的"是瓜而苦"与"成果而甘"，必须用文言无可再简的句法，来逼出"生命赖艺术以升华"的信念。而此一生死以之的信念，更有赖"瓜""苦""果""甘"四个字交相呼应的对仗与双声，才能坚持而达到结论。如果依一般新诗的稚嫩句法，把最后两行写成"一首歌，咏生命曾经是一只苦瓜／被永恒引渡，变成了甘果"也算不错了，但与文言的四字句法相比，就显得太松、太浅了。

中国诗的句法始于四言之端庄，历经五言与七言之奇偶交错、相反相成，而终于长短句之伸缩多姿。但源头这四字典型始终不衰，不但在七言诗中成为稳定大局的句头，而且在四六骈文中高踞联首，甚至在单行的古文中也往往成为压阵的语法。一位现代作家，无论是要利用它、革新它，或是避免它，都不能不懂它在中文语法上的重要地位。

在我自己的散文之中，它也是一种重要的语型、句法。早期我的散文兼容英文句法，单行多于骈行，较少四字成语或四字句型。后期则有意"去英文化"，不但句子较短，而且骈散交错，因此四字字型增多。评论我散文的学者，不少人肯定我的后期而质疑我的早期，恐怕这也是一大原因。早期的我，像大闹天宫的孙悟空；后期的我，已成为唐僧的徒弟了。早期飞扬跋扈，不知为谁而雄。后期似乎"雅驯"多了，却也太"驯"了吧。以下且从我前后期的文章里，各引一段作为对照：

题目的现代化，是今日中国作家早该注意的问题之一。一个真正敏感的作家，应该将他纤细的触须，伸到艺术的每一个角落。我们无法想象，一篇洋溢着现代精神的作品，居然肯戴上一顶发霉的帽子。

——摘自《论题目的现代化》，一九六三年

　　幸蕙遍读吾诗，发而为论，三年有成，即将出书，索序于我……幸蕙选诗，不尽"唯名是从"，往往反而"蕙眼独具"，会挑出一些评家很少注目的"冷作"或未及注目的新作，令我惊喜。

　　　　　　　　　　——摘自《悦读陈幸蕙》，二〇〇二年

7

　　四字成语或四字句型，盘踞中文已久，不但下笔好使，更且出口畅顺，已经成为语法的一大基调，何况其中还有不少迄为民族智慧或民俗世故的载体，有些来头很大，有些出处不明，所以不但读书人善于驱遣，就算江湖市井之流也会引用几句。身为作家如果不善驱遣成语，或是会用的成语十分有限，下笔怎能左右逢源？但另一方面，如果他不会自铸新词、自创佳句，遇到紧要关头，只会依靠几句四平八稳、人云亦云的陈腔老套而不能自拔，就始终近不了创作。真正的高手应该把成语用在刀刃上，将旧句引出新意，或是移花接木，将旧框嵌入新字，变出新趣。如此，才能激发民族语言的生机，使其长保活泼、生动。

至于成语与各种文类的关系，也值得讨论。大致说来，诗贵独创，可以利用四字语法来求变求新，但不宜原封照搬。小说的对话依人物的身份可酌用成语或俚语，但叙述的部分应加区别。戏剧的台词求其顺口易懂，不妨用些简洁而响亮的成语；抽象而生硬的名词，最宜用成语短句来化解。散文乃直接对读者发言，就像斯文人从容不迫的谈吐，用些成语当然可以，但是像斯文人的谈吐富于机锋或谐趣，也不妨把成语变成新腔。论文乃学者在发言，宜乎字斟句酌，所用成语应求其高雅端庄，即使引经据典，骈行偶对，亦无不可。杂文以短小精悍取胜，最忌扯淡费辞，多用成语不妨。童话最忌世故，应力戒成语。译文多用成语，就会失去原文风味；像"朝秦暮楚""暗度陈仓"一类来自典故的成语，尤不可用。

二〇〇四年一月六日

边缘，中心，跨界
——从拜伦看英国浪漫主义之盛

1

文学评论常有古典与浪漫之争，但以实际的文学史来印证，当可发现两者之分并非绝对，而是相对，并非绝不兼容，而是各有强调。拜伦初起，颇以新古典主义大师颇普之传人自命，而对浪漫派前辈的湖畔诗人肆力讥讽，正可说明，复杂的文学史难以简明的文学评论来归纳。

所谓"古典"，通常乃指历久不衰的传世之作，例如希腊、罗马的名著，其义与"经典""典范"相通。引而申之，后人之作凡以此类名著为师法之所本，虽非古典之正宗，亦可以 classic 之形容来指称。例如在英国诗坛，从班江森、朱艾敦、颇普一直到约翰生博士，一个半世纪之久的诗风文论，多以追摹古典为尚。颇普就如此规劝年轻诗人：

Be Homer's works your study and delight;
Read them by day and meditate by night.

  古典的金科玉律不得妄自逾矩，而且用这么严格的单调宣扬了百年之久，便成了令人几乎窒息的所谓"新古典主义"（Neo-Classicism）。于是在十八世纪末，先是受了卢梭思想的启发，继而又因法国大革命的激荡，浪漫主义终于抬头。

  本质上，浪漫主义乃是古典主义的反动。古典强调基本的人性，重社会；浪漫强调独特的个性，重自我。古典强调常规，重典范；浪漫强调自由，重变化。古典强调理性，以理御情；浪漫强调感情，甚至纵情。古典好静，追求恒久的平稳；浪漫好动，追求瞬间的冲劲。孔子在《论语·阳货篇》所说的"诗，可以兴，可以观，可以群，可以怨"，其中"观"与"群"近于古典，而"兴"与"怨"则近于浪漫，可谓兼容并包的通达诗观。

2

浪漫主义是一个国际的运动，所以，仅看英国的发展不能见其深广，必须放在欧洲的大背景上，才能得其宏观。就时序而言，此一运动应该始于德国十八世纪七十年代的"狂飙运动"（Sturm und Drang）。歌德与席勒早期的剧本已经背叛新古典主义的规范而亲近伊丽莎白朝的戏剧，而且标榜叛徒为主角。歌德的《少年维特的烦恼》推广了忧伤的浪漫情绪，比拜伦的《海罗德公子游记》（*Childe Harold's Pilgrimage*）早了几乎四十年。侯德（J. G. Herder）的《民谣采风》（*Volkeslieder*），比伯希（Thomas Percy）的《古典拾遗》（*Reliques of Ancient English Poetry*）也只晚了十三年。

英国浪漫派第一代两大诗人，华兹华斯与柯立基，在三十岁前都"游学"过德国：华兹华斯极不快乐，柯立基则颇受先验哲学的影响。两人都曾醉心于法国大革命：柯立基因而拟与沙赛移民美国，建立所谓"全民之邦"（Pantisocracy）；华兹华斯更两度去法国，不但支持革命，更与法国女郎相恋，还留下了一个私生女。德国的文学与哲学，包括狂飙时期与十九世纪初期始问世者，对英国的影响都颇大。

法国投入浪漫运动，为时最晚，因为法国是新古典主义的大本营，而且大革命期间社会也正值动乱。欧洲的浪漫主义虽由卢梭点燃火头，但燎原的火势却是最后烧到巴黎。从德国借火过来的法国女作家斯塔尔夫人（Mme de Staël, 1766—1817）在《德国论》（*De l'Allemagne*, 1810）一书中比较法国与德国文学，贬法国而扬德国之浪漫作品，被拿破仑一怒而逐出巴黎，再怒而逐出法国。该书有一章名为《论古典诗与浪漫诗》，乃此二词相提并论之创例。斯塔尔夫人比华兹华斯大四岁，但是法国浪漫诗人拉马丁（Alphonse de Lamartine, 1790—1869）、维涅（Alfred de Vigny, 1797—1863）、雨果（Victor Hugo, 1802—1885）、缪塞（Alfred de Musset, 1810—1857）都比华兹华斯年轻得多；后面这三位更比济慈晚生两年到十五年，也比拜伦多活三十三年到六十一年，简直与维多利亚同时了。

德国的浪漫运动先后有好几波，等到海涅（Heinrich Heine, 1797—1856）等诗人出现，已经比济

慈晚了两年，比"狂飙运动"晚了半个世纪。大致说
来，浪漫运动在西欧的发展，是德国领头，英国继起，
法国殿后。而其余波，则由英国传去美国，并由西班
牙传去拉丁美洲，成了洲际的文学潮流。

3

　　浪漫主义不仅是跨国的运动，也是文艺间跨行或
跨界（cross-genre or cross-medium）的互动：举凡文
学、音乐、绘画、雕塑、建筑、舞蹈等艺术，都可以
相互吸收，转化，脱胎换骨。浪漫运动固然是莎士比
亚死后两百年才发生的事，但莎剧打破古典三一律的
自由风格却被浪漫作家所欢迎，尤其是在德国。从舒
伯特到西贝柳斯，许多欧洲的大作曲家都曾把莎剧改
谱成音乐：仅以《罗密欧与朱丽叶》为例，就有贝辽
士把它谱成交响曲，古诺把它谱成歌剧；贝利尼的歌
剧《卡府与蒙府》（*I Capuletti ed i Montecchi*）亦以此
剧为本事，只将世仇的两家之姓取代了莎剧原名。这

种跨行的转化现象也猬集在拜伦身上，虽然不若莎翁之盛，但远远超过英国的其他浪漫诗人。贝辽士的《海盗》序曲，所本即为拜伦长诗 *The Corsair*，而其交响曲《海罗德在意大利》也取自拜伦名著《海罗德公子游记》。拜伦的诗剧《曼夫列》(*Manfred*) 则启发了舒曼的乐曲与柴可夫斯基的同名交响诗。

　　在欧洲大国之中，论音乐，英国远逊于德国，甚至法国、意大利；论绘画，则难追意大利与法国。英国的作曲名家，从普赛尔（Henry Purcell）、艾尔嘉（Edward Elgar）一路数到冯威廉（Ralph Vaughan-Williams），有谁能与巴哈、贝多芬、瓦格纳、威尔第分庭抗礼？论绘画，英国的大师只数得出透纳和康斯太勃尔两位，比起古代的意大利、现代的法兰西，寂寞多了。但是说到浪漫主义的诗歌，则英国的贡献可以雄视全欧，其中享誉之隆、影响之广，当首推拜伦。仅以他对画家的影响来看，也很可观。拜伦诗集的畅销是空前的，除了《海罗德公子游记》令作者一夕成名之外，他的其他叙事诗也极受欢迎，例如《海盗》在初版当天就销了一万册，而首月的销量为二万五千册；《异教徒》在问世一年半之内销了十二版。盛况如此，所以为他画像或画插图的画家很多，其中甚至包括英国大画家透纳。

透纳比拜伦大十三岁，不但热爱文学，更喜欢写诗，可是他的天才只宜绘画。他的风景画不重写实，只求造境，画面富于动感，造化的背后似有神力在运行。他爱画神奇宏伟的阿尔卑斯山，更爱把场景放得海阔天空，一任风高浪急，令人骇目惊心。空气和水是透纳着迷的两大元素，所以，他的空间弥漫着幻异的天光水色，像一场天启隐隐的梦。而在最激昂的场面，天和海似乎在翻脸，风起云涌，不可开交，神似乎在发脾气。透纳的艺术诚然是浪漫的，他简直是现代画家中的浪漫诗人，所以，拜伦的诗当然应由他来画插图，甚至转化为油画或水彩。而为了印证拜伦的诗境，他认真追随拜伦的行踪，一路从比利时到威尼斯。以下是他受拜伦启发所画的作品，在皇家美术院展出时还标出了拜伦的诗句：

1. 滑铁卢战场（*The Field of Waterloo*）

2. 海罗德公子游记：意大利（*Childe Harold's Pilgrimage: Italy*）

3. 威尼斯，悲叹之桥（*Venice, the Bridge of Sighs*）

4. 洛桑与日内瓦湖（*Lausanne and Lake Geneva*）

5. 战争：拿破仑与石贝（*War：The Exile and the Rock Limpet*）

6. 圆形剧场月色（*The Colosseum by Moonlight*）

7. 罗马：广场虹影（*Rome：The Forum with a Rainbow*）

透纳到了晚年，忘形得意，遗物存神，画面上流转着一片光影与气韵，令人想起晚年的莫奈。透纳一生多产，留下了三百幅油画，加上近乎两万张水彩与素描，真是创作等身的浪漫大师。我不说"浪漫派大师"，因为他无论在艺术上与生活上都独来独往，人缘不佳，原就无意立派聚徒。而在英吉利海峡的对岸，另有一位真正的浪漫派大师，比透纳小二十三岁，比拜伦小十岁，也耽读拜伦的作品，且将其诗境演变为自己惊心动魄的画境，使拜伦壮阔的场景长悬于卢浮宫的巨壁。那便是法国画家戴拉库瓦。

戴拉库瓦的作品风格阳刚，线条矫健，色彩壮丽，画面激荡着交响乐一般的气势与律动，他最擅于安排紧张而危险的大场面来震撼观众。他是非常传神的人像画家，无论是人与人斗、人与兽争、神与妖战，或群众不安的场面，都生动而有情，诚然是浪漫的。戴拉库瓦的文学造诣很深，尤爱外国文学，曾将但丁、莎士比亚、歌德的名著移入画境。他曾游北非，对伊斯兰教的世界十分神往，画笔因此更富色彩之美。"异国色彩"（exoticism）原本就是浪漫主义神往不同时空的特色，所以，由浪漫派大画家来传浪漫派大诗人的精神，必然入神，而且可观。以下且举拜伦之诗入戴氏之画的显例：

1. 异教徒（*The Giaour*）
2. 亚拜多斯之新娘（*The Bride of Abydos*）
3. 西荣之囚（*The Prisoner of Chillon*）
4. 沙当纳巴勒斯之死（*The Death of Sardanapalus*）
5. 大公无子（*The Two Foscari*）
6. 唐璜海难（*The Shipwreck of Don Juan*）

古典与浪漫之分，与其求证于文学，不如取材于绘画，更加一目了然。且以戴拉库瓦的作品与另外两位大家的画来比较一下。圣乔治是欧洲不少城市甚至国家的守护神，他原是基徒教的大武士，为救少女而屠恶龙，正象征以德降妖，此事乃成为西方画家常用的主题。拉菲尔所画的《圣乔治屠龙图》(*St. George and the Dragon*) 虽有架势，却无动感；戴拉库瓦同题之作则动感十足，韵律强劲。拉菲尔用的是冷色，武士披的是灰蓝的甲，跨的是纯白的马，斗的是暗褐的龙；戴拉库瓦用的是暖色，武士披的是红巾，跨的是赤骏，斗的是墨绿的巨龙。拉菲尔的背景风光明媚，像野餐的好天气；戴拉库瓦的战场则放在两面峭壁之间，显得山摇地动、鏖战正酣。拉菲尔的少女只顾静跪默祷，并不紧张观战；戴拉库瓦的少女则一臂被囚，正注视战况。至于马的表情，拉菲尔的白驹似乎不很恐惧，反而转目去看主人，不顾蹄下的妖兽；戴拉库瓦的赤骏则悚然而跃，骇视着蟠地的大敌。最传神的，是戴拉库瓦的武士也好，赤骏也好，恶龙也好，都骇然注目，将眼神聚焦在武士奋然下搠的长矛锋尖。相比之下，拉菲尔强调理念，注重象征与规律；戴拉库瓦强调情感，注重直觉与内容。这就是古典的宁静对照浪漫的激情。

另一组同题之作可用来对比古典与浪漫的，是安格尔（Jean Auguste Dominique Ingres, 1780—1867）与戴拉库瓦所绘的帕格尼尼（Niccolo Paganini, 1784—1840）肖像。帕格尼尼是浪漫派音乐的名家，不但作曲，更是出神入化的小提琴圣手，所至之处听众如狂，甚至有人伸手摸他，求证是否血肉之躯。这么一个不凡的人物在安格尔的笔下，表情安详愉悦，线条明晰流畅，实在看不出有什么神灵附体。但一上了戴拉库瓦的画境，同一个帕格尼尼却闭目凝神，人与音乐合成了一体，简直可以感受到人琴不分、身体与琴弦共振共鸣的动感。仁者静，智者动；同一对象可以见仁见智。

4

英国有拜伦，是由许多偶然的幸运与不幸所组成。首先，他的父系与母系都来自贵族之家，双方都有暴力与败德的历史。他的叔祖有"邪爷"（the wicked lord）的恶名，曾因杀害族人被审。他的父亲曾因逃债遁去法国，并在他三岁时去世。母亲带着这独子住在苏格兰，穷苦度日。所幸在他十岁时叔祖死了，爵位由他继承，成了拜伦男爵六世。从此，他的生活改观，得享自由，前途顿然开阔。

另一不幸的是他的母亲教养不足，暴躁善变，令他难以承受。第三个不幸是他生而跛足，加以医疗不当，更增痛楚。幸而他体貌英俊，而且苦练剑道、骑术与游泳，得以弥补缺陷。第四个不幸是他有一个同父异母的姐姐奥古斯塔 (Augusta)，从小不在一起，长大后才相见，竟然顿生畸恋，演为乱伦丑闻。第五个不幸是娶了一个爱好数学而又拘泥礼教的名媛，耻于拜伦之败德终于分居。后面这两个不幸加起来，尽管拜伦诗名盖世，在上议院慷慨陈词为劳工请命又一鸣惊人，仍不免在名教的压力下黯然去国，不再还乡。

这时拜伦才二十八岁，却已经饱经沧桑。他由伦敦的骄子沦为失乡的浪子，然而他因此得享自由。他失去了英国，却赢得了欧洲。是欧洲成就了拜伦：是意大利成就了诗人拜伦，是希腊成就了烈士拜伦。不去瑞士和意大利，他不会与雪莱成为知己。不去意大利，他不会成为黛瑞莎（Teresa Guiccioli）的情人，不会写完《海罗德公子游记》，不会抛开迂回的英国诗体（spenserian stanza），采用流畅的意大利诗体（ottava rima），也就不可能成就他一生的杰作《唐璜》（*Don Juan*）。

异国色彩是浪漫主义的一大特色，如果异国色彩是反衬在历史的沧桑感之上，当更加动人。一般英国诗人或爱尔兰诗人如拜伦的至交汤默斯·莫尔（Thomas Moore），在表现此一特色上都比不上富有欧洲经验的拜伦。拜伦不但行万里路，游遍西欧与南欧，而且深入希腊，甚至闯进了伊斯兰教的禁地，这一切对拿破仑战争时代的英国读者，都有神秘的诱力。拜伦的《海罗德公子游记》，最后的杰作《唐璜》，以及《异教徒》《西荣之囚》一直到《马赛巴》等许多叙事诗，都以欧洲为其场景，所以，他的作品译成欧陆各国语文后，也能吸引欧陆读者。他的众多作品中当然也有针对英国现实的，例如，《天谴异梦记》（*The Vision of Judgement*）与《唐璜》的末章就嘲讽了英国的政治与社会。英国浪漫诗人之中，拜伦是擅长讽刺诗的例外，他对讽刺诗高手颇普的崇拜，说明十八世纪对他的濡染有多深。可是拜伦的冷嘲热讽显得更有"现代感"，因为他擅于旁敲侧击，不时会在题外旁白，甚至公然以说书人的口吻即兴抒发感想。拜伦的讽刺诗动人之处往往更在这种插科打诨的旁白，而非正经的本文。

二十世纪初期，艾略特领头贬抑浪漫主义，并强调诗人应重视传统与知性。他对拜伦的贬抑当然是不留情的，甚至说"史考特，与比较通俗作品中的拜伦，只能算取悦大众而已"。尽管如此，艾略特也不能抹煞拜伦的讽刺天才，因为讽刺诗虽然难免感情用事，但要写出一流的讽刺诗，仍需机智、幽默与知性的判断。艾略特盛赞《唐璜》卷首的题词，甚至认为如此妙文虽颇普也无能为力。

艾略特的老师、哲学大家罗素也认为对英国人说来，拜伦的诗往往不很高明，而其情绪也往往华而不实，失之俗艳，但是在欧洲大陆他的影响十分重大，其人生态度已深入人心。所谓"拜伦式的英雄"形象，一半来自他作品中独立特行不甘与世浮沉的孤傲主角，一半来自他本身贵族叛徒鄙视世俗的作风，虚实相应，表里相成，已经形成了一种风气、一种文化现象，具有影大于身的效果。为了挣脱世俗的束缚，拜伦断然以魔鬼自居，尼采更进一步，断然自命为上帝，唯有如此才能享有自由，成为伟人。因此，罗素将拜伦列入他写的《西方哲学史》，独占一篇，与黑格尔、叔本华相提并论。

拜伦在世时，他的欧陆盛名仅次于歌德，但一直受到这位前辈的提掖。歌德在《浮士德》第二部中，使浮士德与海伦结合而生"有福联恩"（euphorion），影射的正是拜伦。海伦象征古典之美，浮士德象征中世纪之浪漫精神，两者合乃诞生现代诗。前辈对晚辈的期许，真无以复高了。拜伦出征希腊的前夕，歌德更赠诗以壮行色，对后生的爱护可谓仁至义尽。拜伦死时，卡莱尔推崇他为"欧洲最高贵的心灵"；后来卡莱尔修正前言，改置拜伦于歌德之后，而与拿破仑并列。

拿破仑与拜伦在三年之内（1821—1824）相继去世，法国的多家报纸在报导时都并称两人为"本世纪两大伟大"。这两人确有相似之处：拜伦睥睨欧洲文坛，正如拿破仑叱咤欧洲政坛。拜伦由边缘的不列颠岛入主欧洲风骚，正如拿破仑由科西嘉岛入主法国。一个是跛子，一个是矮子，但是都心雄万夫，不甘仅

仅做一个岛囚，而要做一个气吞大陆的洲主。三个小
岛真囚得住拿破仑吗？一只跛脚真拖得垮拜伦吗？

二〇〇四年十一月

离心与向心：众圆同心

在冷战的时代，联合国曾经按经济开发的程度把全球分成了几个世界。第一世界指已经开发的资本主义国家，亦即西欧与美国；第二世界指已开发的东欧共产国家；第三世界指开发中的，或低开发的国家，亦即非洲、拉丁美洲及部分亚洲。这种区分乃从经济着眼，更进而演成政治。"第三世界"成为贫穷落后的代名词。

我却要借用此一分法，来说明某种语言在其所使用的国家或地区，因条件之优劣、情势之顺逆，而呈现出来的"开发"程度。更进一步，我还要从其开发程度来研究该语言所承载的文学如何随其"生发"。

先以英文为例。在所谓全球化的浪潮下，英文早已成为"世界语"。冷战时代一结束，中国忽然有十三亿人来学英文，俄罗斯与乌克兰至少再加两亿人。目前至少有五十个国家以英文为正式语文，也就是说，世界各国除其母语之外，英文已成最大的"第二语文"。其实以英文为母语的国家不过英、美、加、澳大利亚、新西兰五国，人口不过四亿。就英文而言，其第一世界当为发源地英国与新生地美国；第二世界当为加拿大、澳大利亚、新西兰；第三世界则包括南非、印度、新加坡、马来西亚、菲律宾、中国香港等等。语文分布如此，但其文学呢，恐怕也是这样的顺序。英国的莎士比亚，仍然是遥遥领先的；美国太年轻了，十九世纪以前根本没有大作家。到了现代，大不列颠的优势则已不保，叶慈、乔艾斯、贝凯特等的光芒已照耀全欧。近两百年来，美国文学的分量可说与英国分庭抗礼，但第二世界的加拿大、澳大利亚、新西兰及第三世界的南非、印度等似乎还追不上第一世界。

西班牙文的演进则大不相同，其第一世界当然是发源地西班牙，但传入中南美洲之后，人多地广，母语也颇有变化。到了现代，拉丁美洲的名作家竟多过母土；墨西哥的帕思（Octavio Paz）、哥伦比亚的加西亚·马尔克斯（Gabriel Garcia Marquez）、智利的聂鲁达（Pablo Neruda）、阿根廷的博尔赫斯（Jorge Luis

Borges），光芒似已盖过了大西洋对岸的母土。第三世界该在何地？该是加勒比海域的小安的列斯群岛吗？或是菲律宾？

华文世界的演进又不一样。在我分析之前，容我解释一下我所使用的标准。首先自然是从何地发源，然后是使用的人口及其全民的比例，然后是在教育上的地位；而涉及文学时，写作的环境、出版的条件、读者的市场等等，都要顾及。所以华文的第一世界当然在中国大陆，第二世界在中国的台湾、香港、澳门，至于第三世界，正是南洋。南洋放在最后，因为在南洋各国，华人在总人口中，都只是少数：在马来西亚也只占三分之一；即使在新加坡是例外，也才达百分之七十七。在马来西亚与印度尼西亚，华文教育甚至受到压制：马来西亚大学甚至不准用华文来写论文。

台、港、澳放在第二世界，因为三地虽然都曾被殖民统治，但华人人口是绝对主流，地理位置又贴近中国大陆，中文教育颇受重视，出版事业以中文为主，媒体运作也多为中文。台湾的日文背景已淡，英文压力不高，本来已经是颇强的中文社会，但是近年来"去中国化"的压力正随政治压力逐渐加重，人文教育的内容也正随政治正确的意识趋向僵化与窄化。香港的英文背景仍非常强，不少学校现在规定要用英语教课，大学更是如此。理工科对中文程度的要求大致都是任其自然，也就是听其自生自灭。近日我应邀去台大某一尖端科学系所演讲，听其教授慨叹，说今日的学生用方程式来表现尚佳，但若要求他们用文字来叙述，则不但中文写不通，英文也不灵。

台湾与香港另一相似，是方言的强势，例如台湾有闽南语歌曲，香港有粤语歌曲；台湾南部有许多地下电台，纯用闽南语，香港则无。两地选举时台湾有一半候选人用闽南语，香港恐怕更多候选人用粤语。不过闽南语之流行一半与政治意识有关，但在香港，方言流行却由来已久，一半也因普通话不佳，乃自然现象。两地都有作家把方言酌量用在作品里，使小说对话生动，杂文有趣，诗有本地情调，但谁也不会笨到尝试通篇纯用方言。台湾最近在教育主管部门的鼓励下却有人在创作甚至出版闽南语诗，有音无字，写不下去时就夹上罗马拼音，名之为"台罗体"。

华文的第一世界理应在中国大陆。古来所谓的中原，当然是中华文化、中国文学的摇篮。汉族占中国大陆目前人口百分之九十三点三（在中国台湾，占百分之九十八；在中国香港，占百分之九十八以上。在美国，白人占百分之八十三；在俄罗斯，俄罗斯本族占百分之八十二）。无论就历史、地理、人民各方面来看，中国大陆都应该是中文与中文文学的守护者，但是六十年来的多次政治运动，尤其是十年的"文革"，她都未能善尽母职，有时甚至不幸，还亏待了自己怀里的孩子。可以说在"文革"的岁月，中文被暴力与压力所虐，文学几乎要断气绝命。那时的神州大陆当然不是第一世界，恐怕只能权充第三世界，而第一世界之称只能交给台湾地区了，这情形略似英国的戏剧：在莎士比亚与班江森的时代大放异彩，但到了清教徒革命之后，从一六四二年到一六六〇年，竟中断了十八年之久。

所以自从二十世纪八十年代中国大陆改革开放以来，中文才真正用来写实、抒情，文学也就发展出新局面来：先是伤痕小说与朦胧诗崛起，继而较有个性的散文展开，同时引进西方文学，研究台港作家。二十年来，小说方面出现了贾平凹、莫言、王蒙、余华、王安忆等，散文则有余秋雨，诗则似乎并未完全超越朦胧派早年的成就，然而毕竟已非"文革"以前的单调与空洞可比。尤其是小说新人的分量，恐怕已经领先台港的同行。

大陆真正悟出"去中国化"的狭隘、"红而不专"的空洞之后，文化便开始有了生机，文学随之。反之，台湾却越来越"绿而不专"，但求政治正确，不求认清现实、解决问题。为了求独，当局竟然在文化上加强"去中国化"，表现得最急躁的是压缩中学课本的人文内涵、文言比重、民族认同，务必在意识上、局格上"本土化"，甚至以人口极少的原住民为借口，将意识"南岛化"。有全球化优势的英文，有政治正确优势的方言，再加上讨好网络族又适应新科技的所谓火星文，凡此种种逆境，已成中文在台湾必须面对的压力。加上书市日趋衰落，书法几成绝艺，可供投稿的报刊也销路堪忧，年轻作家的天地实在不宽。反讽的现象是：尽管如此，各类文学奖在台湾设置之多、奖金之高，却是世界上少有的。

香港年轻作家的困境更甚于台湾，不但投稿的园地日促，稿酬很低，出书更是奢望，奖金既少又稀。少数几本纯文学刊物只能定期向政府申请补助，往往无以为继，被迫停刊。所以香港作家常见的出路，是向台湾的报刊投稿，甚至出书。我把台、港同列为第二世界，其实台湾仍然要强很多。至于第三世界的新加坡与马来西亚，华人作家若要投稿甚至出书，也知道应该向台湾寻求发展。例如陈大为、锺怡雯夫妇便是索性一起来台湾奋斗而终于获得学位与教职，更进而成就作家事业的近例。比他们早一代来台求学并成为诗人的，则有新加坡的王润华、淡莹夫妇。其实先后由港来台而有相似经历的香港作家更多。对许多海外华人的作家而言，台湾往往是第一世界。

前文我已提过，中文所谓的南洋，亦即西方人所谓的东印度群岛（The East Indies），与环绕加勒比海的千百岛屿，即所谓的西印度群岛（The West Indies）者，在世界地理上形成颇为相似的对应，值得一比。东印度群岛的居民多为土著，经欧洲人殖民之后，各自接受了西方的文明及其语言；例如马来西亚人之于英国，菲律宾人之于西班牙与美国，印度尼西亚人之于荷兰。西印度群岛的居民则多为非洲移民，经欧洲殖民者自非洲带去，后与殖民者通婚，生下混血种，称为creole。西印度群岛若断若续，西起古巴，东迄委内瑞拉近岸之圣露西亚（St. Lucia）与千里达（Trinidad）。位于神经末梢的这两个小岛国，都以西班牙文命名：圣露西亚面积六百一十七平方公里，人口十三万；千里达面积五千一百二十八平方公里，人口一百三十万，在世界地理上都不起眼。但是出身于两地的作家，圣露西亚的沃考特（Derek Walcott）与千里达的奈保尔（V. S. Naipal），仅隔十年竟先后获得了诺贝尔文学奖。当可说明，英文的第三世界，即使是偏远而贫困的殖民地，也可以出现让第一世界，甚至全世界都注目的文豪。其实，仅仅靠了来自偏远角落、殖民背景、有色人种，也只能提供相对于欧陆中心（Euro-centrism）的边缘经验与批评角度，若是缺少第一世界的认识与掌握第一世界语言的能力，仍不能成就所谓"国际的"名家。

沃考特生于圣露西亚，并在西印度群岛读大学，但他曾在美国哥伦比亚、耶鲁与哈佛等名校教书，并常穿梭于美国与西印度群岛。他的得奖名诗长近八千行，用的是但丁的三行体，而诗中的渔人也是叠合在古希腊英雄阿喀琉斯（Achilles）与神射手费洛克替提斯（Philoctetes）之上。至于奈保尔，则远有印度血统，近有西印度群岛的童年经验，及长又定居于英国，如此知己知彼，在析论殖民帝国与殖民地关系之际，当然能够鞭辟入里。

反观华文第三世界的作家，例如李永平、王润华、锺怡雯或是黎紫书，能不能像沃考特、奈保尔这么成名于国际呢？在回答这问题之前，我们得先厘清何为"国际"。如果是指东方与西方之间，则可说是机会渺渺，因为翻译尚成问题，而原作者也尚未在西方浸够，掌握任一西语也尚未能随心所欲。但是如果"国际"是指东印度群岛某国，例如新加坡或马来西亚，与中国大陆或台湾之间，则李永平等早已扬名国际了。不过我们没这感觉，因为心理上大家都是"中国人"，所谓华侨。如果成名者是哈金或严歌苓，我们就觉得很国际，因为不仅跨越了语言，而且深入了西方。如果成名者是汤婷婷或谭恩美，我们也不会感觉什么，因为她们早已"无唐无番""番多于唐"。

照理一位海外华人作家如要成名，应该是在北京、上海、台北或香港，因为他的文字原应诉诸华文世界，而非西方，正如沃考特的读者应该在纽约或伦敦。张爱玲在华文世界久已成为大家，她的晚年悲剧在于以为自己的杰作必须英译，甚至是由自己动手，来征服英文的第一世界。

今日的华文世界，分布之广，读者之多，水平之高，远远超过上世纪，而出版之进步，交流之频仍，更成加速。华文世界一时当然还不能比英文世界，但也已成一大千世界，在质量与交流上当然尚可加强。

所谓海峡两岸，文学的交流已有二十多年，开始不免零星，近年已趋频密。作家们隔岸出书，络绎不绝，有时更造成轰动：金庸、龙应台、余秋雨是其显例，其实更包括王安忆、莫言，等等；我自己在大陆各省区市也已出书在二十种以上。在评论、文学史、各种文类的选集上，大陆学者与编者对台湾都相当积极，但是反过来，台湾的学者对大陆文坛却相当消极。教科书也有这现象。台湾教科书里的大陆作家，迄今仍是民国初年的那几位，但今日大陆中小学语文课本里，却常见台湾作家。我自己的诗或散文屡次成为对岸编选的课文，所以屡次收到此类课本。我手头这类课本有十一册，高中、初中、小学都有，里面所选胡适、林语堂、梁实秋的文章，也许不必记在台湾的名下，但是其他的作家，有的还不止一篇，则包括林海音、琦君、罗兰、胡品清、王鼎钧、龙应台、林清玄、三毛、司马中原、纪弦、简媜等多人。相对地，一九四九年以后的大陆作家，包括畅销的余秋雨，则从无一人被收入台湾的中小学课本。

文学奖的交流也不算多。原则上，海峡两岸官方主办的文学奖都不会颁赠给对岸的名作家，但台北《"中央"日报》的征文比赛曾经颁奖给当时旅美而尚未成名的大陆小说家严歌苓。始终由我主持评审的梁实秋翻译奖，在征奖比赛的前几届，都有大陆的应征者获奖。二〇〇四年广州的《南方都市报》主办的"华语文学传媒大奖"曾赠我该年的散文家奖。香港中文大学文学院主办了三届的"新纪元全球华文青年文学奖"，向各地的在校大学生开放，不但颁奖给大陆、台湾、香港、澳门，以及南洋和海外各地的大学生，连评审委员也包罗了海峡两岸的作家、学者。香港浸会大学文学院去年首办"红楼梦小说奖"，即由大陆小说家贾平凹与香港小说家董启章分获大奖与评审奖。马来西亚的"花踪奖"办了两届，则分由台湾的陈映真与大陆的王安忆获得。

这样的交流当然还不能算是盛况，但总比政治的对立甚至敌对要好得多。同一母语奶大的各地华文作家，若能加强交流，促进共识，在华文创作上追寻民族文化，尤其是文学的共同价值与美感，当可为消弭战争并促进和平有所贡献。

世界华文文学，由于历史背景、地理环境、政治形态的差异，在各地的发展，有的离心，有的向心，但最后由于中华文化的吸引与融汇，必能成为同心，成为众圆同心。

二〇〇七年一月

论诗绝句的联想

1

中国文学之有"论诗绝句",不但是变质,也是变体。其体若诗,但其功用却在评论,所以是变质。其意在论,但其形态却托于诗,所以是变体。好的论诗绝句不但有评论的眼光,还要有诗的韵味,才能令读者感到不但有理,而且有情。二十八个字里,要把诗史、诗艺、诗家的虚实得失讲得言之有物而又味之有趣,实在是一门难能的艺术。

论诗绝句是诗人用诗来评论其他诗人的诗,作者当然是行家,读者的兴趣也比较专业。此体发轫于诗圣杜甫,及宋而盛,到了金代的元好问,可谓高潮。杜甫之为大诗人,兼有广博与深刻,首创此体当然才力有余;不过是出产副品而已,大概想不到偶然插柳竟自成阴,所以取的诗题也是"戏为""解闷"。他和李白都相信欲振诗运，应该寻源导流，重归风雅。李白慨叹："大雅久不作，吾衰竟谁陈……正声何微茫，哀怨起骚人……自从建安来，绮丽不足珍。"杜甫也要"别裁伪体亲风雅"。

杜甫在唐代并未取得经典的正统，元、白对他十分重视，却苛责他不够忧国忧民。韩愈虽然肯定他与李白光芒万丈，但也坦言他仍受群儿谤伤。杜甫的使命感很强，文学史观也深长，乃能兼容并包，一炉共冶，不但执着于传统，同时也寄望于变通。在《戏为六绝句》中，他一面肯定屈宋之为先驱，汉魏之近风骚，而亲风雅即所以远伪体；同时认为兰苕翡翠终究格局不如碧海鲸鱼。但另一方面他却讽喻时人不必轻薄近人，嗤点庾信，哂笑四杰，倒不如广开诗路，转益多师，凡是清词丽句皆应欣赏。

中国的诗艺历唐宋而至金代，至元好问用绝句来论诗史、诗道、诗艺的时候，情况就复杂多了。元好问的《论诗三十首》纵论魏晋以迄唐宋的诗人在三十家以上，其中于诗艺之传承颇多追溯，于诗品之高下亦多比较，而各首之间，或直接或间接，亦时有呼应。三十首之中当然可以归纳出元好问的史观与评价，但是加起来并不就等于一篇论文。其实元好问当初如果真写了一篇功架十足、言必引据，并且详加注解的所谓学术论文，当然也大有贡献，但是读起来就不如三十首原来那样情理交融，诗意盎然，余韵悠悠。诗人论诗，当行本色，毕竟不同于学者之论。元好问的论诗绝句，是行家讲行话，亦即西方人所谓 shoptalk，跟学者用一大堆抽象而笨重的术语来条分缕析，大异其趣。元好问论诗，乃以诗证诗，譬如伐柯，其则不远。学者用术语来论诗，却是以术害情，未免隔了一层。

　　元好问于诗艺，推崇清真自然、旷达深远，但也不废求新出奇。他要维护的诗艺正道，是从曹刘、陶谢、阮籍、陈子昂、李杜、韩柳、李商隐、欧梅、王安石，一路到苏黄，这些都是正面教材，但是孟郊、李贺、秦观、陈师道等人，元好问则认为格局太小，失之纤弱，刻意求工，不够自然，算是负面之例。这其中，他格外强调杜甫的地位与影响，因为透过韩愈与李商隐，杜甫影响了宋诗，尤其是黄庭坚。王若虚说："山谷自谓得法于少陵。"王安石称李商隐"善学老杜"。朱鹤龄也指出李商隐"指事怀忠，郁纡激切，

直可与曲江老人相视而笑"。所以元好问诗道之正统
当以杜甫为首,继之以李商隐,而终于传到黄庭坚,
但愈传愈窄,乃沦为末流,成了江西派。难怪《论诗
三十首》之廿八说:

> 古雅难将子美亲,
> 精纯全失义山真。
> 论诗宁下涪翁拜,
> 未作江西社里人。

元好问写诗,先学苏轼,继师杜甫。他在《论诗
三十首》之廿六,赞东坡"金入洪炉不厌频,精真那
计受纤尘",所以他的诗史止于苏黄,并慨叹"只知诗
到苏黄尽,沧海横流却是谁?"大抵遗山论诗,以病
情之轻重,先后列出齐梁体、西昆体、江西派以为戒,
对末流再三讥讽。

元好问论诗绝句之后,诗家论诗,七绝不绝,但
才识难继,反响渐弱。不过六百年后,梁启超慨叹诗
道式微的名作《读陆放翁集》,用的仍是这论诗绝句的
精悍诗体:

诗界千年靡靡风，
兵魂销尽国魂空。
集中什九从军乐，
亘古男儿一放翁。

2

论诗绝句在中国文学传统里是很特殊的一种诗体。首先是其绝句的篇幅，寥寥二十八个字，一番起承转合，要把一个观念、一个评断，说得生动有趣而且情韵悠扬，不但激发读者的深思，还要满足读者的美感，实在需要高妙的艺术。此体创始于诗圣，实为应然，其后的作者多为当行本色的诗家，也说明要把论诗绝句写好，必须才识并茂。

不过二十八个字的空间毕竟太窄了，有时也会转不过弯来。最有名的例子，是杜甫自己的句子："纵使卢王操翰墨，劣于汉魏近风骚"，就易令人误会，以为四杰虽逊于汉魏，却近于风骚。我年轻时就是这么读的，却认为很不合理；后来多看注释，才恍悟"汉魏近风骚"乃合五字成为"劣于"的受词。可是同为《戏为六绝句》之六，"别裁伪体亲风雅"一句，却不能按"劣于汉魏近风骚"的句法，解为"别裁亲风雅之伪体"。另一名例是元氏《论诗三十首》之十二："诗家总爱西昆好，独恨无人作郑笺。"历来都以为此乃不满义山诗之晦涩，其实《论诗三十首》之廿八讲得十分肯定，"古雅难将子美亲，精纯全失义山真"简直是把李商隐与杜甫相提并论、等量齐观了。

论诗绝句的另一特色，是句中提到古人，往往不直呼本名，而喜欢用其字、号、官职或乡籍，这对外行来说，有时很难还原"正身"。例如，"工部""拾遗"是指杜甫，而"翰林""供奉"是指李白，但"宾客"指谁，却少人知道是刘禹锡。原来刘禹锡晚年曾任"太子宾客"。又如，王安石乃江西临川人，故常称"临川"，但是"讳学金陵犹有说，竟将何罪废欧梅"之句中，王安石又变成了"金陵"，因为他曾判江宁府，晚年又定居金陵。陆游论诗绝句"吏部仪曹体不

同，拾遗供奉各家风"之句，"吏部"指韩愈曾任吏部
侍郎，但是"仪曹"何指，则知者恐少，只因韩柳齐
名，勉强可猜。柳宗元曾官礼部员外郎，而礼部部官
通称仪曹，因以称之。

所以，论诗绝句是介于诗人、学者与资深读者之
间的上层文类，不可能大众化，也不必大众化。这是
行家写给风雅中人看的行话，隽永耐读一如《世说新
语》。外国的所谓汉学家，真有谁能欣赏此体，我就服
了他。

3

中国传统诗论，多半重唐轻宋，认为唐诗乃正
道，主性情，宋诗则以文为诗，好议论。叶燮非之，
指出："唐诗有议论者，杜甫是也，杜五言古诗，议
论尤多。"宋人在唐人之后，抒情已被唐人发挥尽
兴，无以为继，穷变乃通，向理趣另求出路，原很
自然。例如李白的《苏台览古》《越中览古》一类

诗，有感慨而无议论，只能算是怀古；而王安石的《明妃曲》《张良》等诗，议论高妙，才是咏史。苏轼的《迁居临皋亭》"我生天地间，一蚁寄大磨。区区欲右行，不救风轮左"，与《泗州僧伽塔》"耕田欲雨刈欲晴，去得顺风来者怨。若使人人祷辄遂，造物应须日千变"，也都议论风发，既有哲理，亦富谐趣，更不提他的名句"不识庐山真面目"与"庐山烟雨浙江潮"。苏轼的元气淋漓也许略逊李白，但其哲思与幽默却非李白能及。如果唐诗之后没有宋诗，只有摹拟唐风的明代前、后七子，中国诗也未免太单调了。

论诗绝句既以诗论诗，作者自当兼具诗才与诗识，才能以抒情的韵味来表达评论的见解，在诗体上当以感性与知性互相表里。所以此体理应创始于唐而大盛于宋。宋诗好议论，此亦一例。最值得玩味的，是此体始于杜甫，宋人继而发扬光大，至金（相当于南宋末期）而有元好问集其大成。唐宋体性之分，若求之于英国诗坛，则十七世纪玄学派之于伊丽莎白朝之斯宾塞、莎士比亚、马罗诸家，似乎也有此种对照，而十八世纪之颇普与约翰生更近宋

人了。因此朱艾敦与约翰生不以邓约翰为然，不难
了解。班江森对邓约翰有弹有赞，曾谓邓不守格律，
应该受吊，但其所长则举世无双。他有一首短诗叫
《赠邓约翰》：

　　邓约翰，亚波罗与缪斯所青睐，
　　芸芸才人皆不取，唯君得宠爱；
　　早熟有宿慧，彩笔每出一篇，
　　都成了经典，垂范至于今天；
　　君才不竭，非群彦所能追，
　　君才之高，岂盛誉能溢美。
　　绣口，锦心，修炼，共卓然一生，
　　足以与天下二分而相抗衡。
　　凡此皆可赞，吾仍有此意，
　　且罢，只因我无法赞颂得体。

　　寥寥十行，对同辈名家推崇至高，但还不及中
国的论诗绝句这么简洁而自然。此诗发表于一六一六
年，作者与受者均在世，而且均为四十四岁。同一
年莎士比亚去世，七年后班江森发表了八十行的

长诗《敬悼挚爱的莎士比亚大师》，对莎翁推崇备
至。此乃大师赞大师，而且是肯定莎翁超凡入圣
（canonization）的第一篇名作，具有文学史非凡的意
义。但是诗长八十行，议论滔滔，更不能称论诗绝
句。

西方文学中以诗论诗的例子很多，不过篇幅往往
颇长，而且往往是悼念诗友或嘲弄"诗敌"，写得长
了，就复杂起来，不会专注于论诗。例如，雪莱吊济
慈的《阿多耐斯》和安诺德吊克勒夫的《塞尔西斯》，
就都是长达数百行的希腊体田园挽歌。至于用来讥笑
"诗敌"的名篇，则有朱艾敦嘲谢德威的《麦克佛雷克
诺》与拜伦嘲桂冠诗人沙赛的《天国审判记》，亦皆
洋洋宏构，拜伦的诗更长达八百多行。苏轼嘲东野先
生的《读孟郊诗二首》长四十句，在中国诗里不能算
短了，但比起朱艾敦或拜伦之作，仍是小品。中国诗
以抒情为主，篇幅当然较短，《毛诗大序》所谓"情动
于中……故咏歌之"云云，说的正是抒情诗。亚里士
多德《诗学》中所说的诗，则往往是指叙事诗与戏剧，
尤其是史诗与悲剧。中国论诗绝句的寥寥四行，在西
洋诗中不过等于四行的一小段，即所谓 quatrain（四个

一串之意）。如此看来，济慈用十四行体赞荷马、安诺德用同体赞莎翁，都不便和中国的七绝比较。例外不多，但浪漫派的奇才柯立基，有一首四行绝句却是绝唱：

> 邓约翰的诗兴骑着单峰驼奔跑，
> 把拨火的铁钳当作相思结缠绕；
> 韵律，健步而跛脚；幻想，迷宫兼出路；
> 心机，镕炉与风箱；意义，重压而扭曲。

这正是典型的论诗绝句了。原题是 *On Donne's Poetry*，所以，我径译成《论邓绝句》。柯立基若生在中国，一定会大写七绝，纵论各家，不容遗山专美吧。寥寥四行，对玄学派大师似弹实赞，把邓约翰诗艺之能调和矛盾（paradox）一言道破。西方古典诗人之诗兴（muse），例皆乘飞马"倍加速驶"（pegasus），真是天马行空。邓约翰之诗兴乘的却是难骑而难看的骆驼，偏偏还是单峰驼（dromedary），诗人之狼狈可想而知。他人写情诗，都用传统而浪漫的"软件"，邓约翰的情诗用的却是科学与玄学之类的"硬材"，此人之戛戛独造，亦云奇矣。

《论邓绝句》是英诗里暗含中国论诗绝句之作，另一首接近此体的妙品，是朱艾敦的《论米尔顿》：

三位诗人，远隔着三个时代，
为希腊、意大利、英国增光采。
第一人以思想之高超出众，
第二人以雄伟，第三人则兼通。
造化之功更无力向前推移，
为生第三人惟将前二人合一。

三位诗人分别指希腊的荷马，罗马的魏吉尔，英国的米尔顿：荷马高超，魏吉尔雄伟，米尔顿则兼有高超与雄伟。朱艾敦说造化孕育了荷马与魏吉尔，但要再化育第三位大诗人，却力不从心，只好将荷马与魏吉尔的才华合而为一。这么说来，米尔顿简直比荷马或魏吉尔更伟大了。朱艾敦此诗不但将米尔顿——他的前辈，推崇为欧洲诗坛之至尊，同时也提高了英国诗坛的地位。读者也许要问，如此一来，将置莎士比亚于何地呢？其实朱艾敦笔下

评比的这三大诗人都是史诗的作者，而莎士比亚的
贡献不在史诗。

二〇〇六年十二月

创作与翻译
——淡江大学五十周年校庆演讲

1

承蒙林耀福院长邀请，前来贵校为淡江大学五十周年校庆作这场演讲，是我莫大的荣幸。淡江大学的前身曾经是淡江文理学院，早在二十世纪六十年代的初期，我已经在贵院兼课，教的科目先是英国文学史，后来换了英诗，所以，观音山美丽而善变的侧影，每星期都要隔水惊艳，自然也就入了我的诗篇。《隔水观音》成了我一本诗集的书名。

我在淡江文理学院兼课，前后至少有五年，和淡江的关系可以说淡而隽永。庄子所谓"君子之交淡若水"，正是这个意思。不过我来参加贵校五十周年校庆，还有另一种象征的意义，就是我自己的创作生命，迄今也有半个世纪。从心底到笔尖的这一条路，是世界上最曲折也是最神奇的长征。我在最新的诗集《高楼对海》的后记里如此自述：

> 《高楼对海》里的作品都是一九九五年到一九九八年之间所写，真正是告别上个世纪的纪念了，也借以纪念我写诗已达五十周年。五十年前，我的第一首诗《沙浮投海》写于南京，那窗口对着的却是紫金山。好久好远啊，少年的诗心。只要我一日不放下这支笔，那颗心就依然跳着。

　　一位少年的"诗心"为什么会起跳，凭什么会跳这么久，为的是什么理想、什么价值？大而至于一整个民族的"诗心"为何起跳，又为何一直跳到现在？

　　古希腊人对诗人的态度最为肯定，希腊文"诗人"（poiétés）一词就是"创造者"（maker, creator）的意思，广义而言，可通于"造物"。欧洲三大语系，拉丁语、斯拉夫语、日耳曼语里的"诗人"（poéte, poeta, poet）皆源出希腊，拼法几乎一样。不幸柏拉图认定所谓现实者乃在理念而非色相，万物不过摹仿理念，诗人描写万物，不过是摹仿的再摹仿，已经与现实隔了

两层了。诗人所写既已失真，不免有害社会，柏拉图
乃将诗人逐出他的理想国。

柏拉图的说法影响后世至巨，到了中世纪又有教
会对诗提出质疑，颇令诗人忙于答辩。在柏拉图之后
六百年，有新柏拉图派的哲人普洛泰纳司为缪斯辩护，
说艺术家创造之美，不在他所描摹的对象，也不在他
所造形的材料，而在他所投注的心机。也就是说，自
然之不足，可由艺术家来补足。中唐的诗人李贺也说：
"笔补造化天无功。""天"，就是自然，而"无功"，
就是不足了。王尔德更说："不是艺术摹仿自然，而是
自然摹仿艺术。"其实，亚里士多德早在《诗学》里指
出：历史所述乃已然之事，而诗所述乃或然之事。足
见西方诗学本无写实之束缚。

不过亚里士多德此说，乃指戏剧而言，亦即诗剧，
因为他接下去说："是以诗之为物，比历史更富哲理，
更为高超。诗惯于表现常态，历史则表现殊态。我所
谓的常态，是指个性确定之人物按照或然率或必然率，
偶尔会有怎样的言行……"

所以，西方诗学所说的，常是悲剧（或史诗）中
人物的"言行"，较重客观，而中国诗学所说的，常

是诗人内在情感的表现，较重主观。所以，《诗大序》说："诗者志之所之也。在心为志，发言为诗。情动于中而形于言。"中国人说诗，不外是指抒情诗。西方人说诗，则往往包括史诗、诗剧、叙事诗，不止于短篇的抒情诗。

至于诗的功用，孔子则以《诗经》为模板，说"诗，可以兴，可以观，可以群，可以怨。迩之事父，远之事君。多识于鸟兽草木之名。"中间一句的事父事君，尤其是事君，已经不合今日的社会，至于只重君、父，不及母、妻，也失之男性至上。后面一句，倒像把《诗经》当作类书、辞典来用了，未免小看了它。首句的兴、观、群、怨却说中了要害。兴，可以给人鼓舞；怨，可以让人抒发：一正一负，满足了个人的需要。观，可以体会风俗民情；群，可以促进人我关系：一退一进，符合了社会的需要。无论是言志或载道，似乎都照顾到了。

约在两百年前，正当浪漫运动的高潮，雪莱豪情万丈地为诗道鼓吹，在长逾万言的《诗辩》一文中指出，诗人在古典时代曾有"先知"之称，继而强调诗人能够"参永恒，赞无限，合本元"（participates in the eternal, the infinite, and the one），结论是："诗人者，未经公认而实为世界之立法者也。"（Poets are the unacknowledged legislators of the world.）

雪莱说这番话时理直气壮，信心饱满，几乎将诗人神而明之，供于壁龛。两百年后，另一位英国诗人的论调却反过来，竟说诗的功用不过在使"小孩子不看电视，老头子不上酒馆"。这是拉尔金（Philip Larkin, 1922—1985）说的气话，似乎是非常低调了。老头子会因为有诗可读就不上酒馆吗？我不敢相信，但是我绝对相信，被电视、计算机拐走了的孩子，诗可领不回来。

诗的功用何在？我的期许不像雪莱的那么高超，却也不像拉尔金的那么消极。我觉得一位真正的诗人至少应该以两个使命自许，那就是：一、保持民族的想象力；二、保持民族的表达力。

一个民族若要产生大诗人，必须富于想象力。所谓想象，无非是洋溢的好奇与同情，借以超越有限的自我，而与万物交通，诗人的本领在于能将混沌不明的世界理出一个新秩序来，而使天南地北两不相干的事物发生有趣的关系。苏轼的《题西林壁》"横看成岭侧成峰，远近高低各不同。不识庐山真面目，只缘身在此山中"，把变化万端而莫衷一是的山景来比拟当局者迷的困局，是用自然来解释人事，乃使山与人之间建立了新的秩序。我有一首小诗名《山中传奇》，以下列四行开始："落日说黑蟠蟠的松树林背后／那一截断霞是他的签名／从焰红到烬紫／有效期间是黄昏。"断霞是落日的回光返照所造成，正如签名是人挥笔所造成，但是断霞横天不能持久，最久亮丽一个黄昏，正如签名支票，过期也会失效一样。这一段诗和《题西林壁》恰恰相反，用人事来解释自然，晚霞和签名无端竟发生了关系，而落日和黄昏也形成了新的秩序。

诗的诸般修辞技巧，包括明喻、隐喻、转喻、夸张、拟人、象征等等，泛称比喻者，莫不出于同情的摹仿，每每能于无诗处见诗，无理处得趣，终而出实入虚，物我皆泯。一个民族有诗，就表示想象力尚未衰竭，因为想象力就是将心比心、设身处地的敏感，也是一种至为广泛的同情，不仅是人道主义的那种同情，而是此身能与万物交感，寸心能通芥子与须弥。

2

但是仅有想象力，还不足以成艺术品。想象力必须落实在真正的作品上，才算功德圆满。所以，有了想象力还要有充分的表现力来配合。想象力、表现力、艺术品之间的关系颇像物理学上能量转移过程的"能""力""功"。这世界上有想象力"能量"的人，不止于诗人和艺术家。诸如宗教家、哲学家、科学家，甚至革命家，都是想象力过人的。宗教家天人之际的境界，哲学家出虚入实的玄想，科学家从混沌之中建立新秩序的公式，都不仅是理性冷冰冰的探索，尚须超拔而热烈的想象。美国女诗人米蕾（Edna St. Vincent Millay）甚至写过一首十四行诗，题为《唯欧几里德见识过赤体之美》（*Euclid Alone Has Looked on Beauty Bare*），但是只有诗人将想象之"能"发为作品之"功"，凭借的正是他的表现力，也就是他运用语言以创造美的功力。

预言小说《一九八四》的作者奥威尔在《政治与英文》一文中指出，一国语文之健康与否能反映并影响社会之治乱、文化之盛衰，而经历专制政权之后，该国之语文必然虚伪而扭曲。反过来，我们也可以说，大作家出现之后，该国的语文必然充满弹性与活力。伟大的作品未必是文法学家乐于引征的范文，合乎文法的反而是二流之作。大作家或所谓天才，对于一国语文最大的贡献，在于身体力行，证明那种语文潜在的"能"，经妙笔运用，究竟发出多大的"功"。就像开金矿一样，杰作能告诉我们，存量究竟有多少，而纯金有多么灿烂。

且以李白为例。《宣州谢朓楼饯别校书叔云》开篇的两个长句一气呵成，十分酣畅："弃我去者、昨日之日不可留。乱我心者、今日之日多烦忧。"以散文而言，"昨日之日"与"今日之日"，简直累赘，甚至有点不通。但以诗而言，则妙不可言，因为多了这一层转折与回旋，节奏才够气势。如果改成"弃我去者昨日不可留，乱我心者今日多烦忧"，就显得气促了。如果再缩写为"昨日弃我不可留，今日乱我多烦忧"，就更驯顺了。同理，《蜀道难》里的三迭句"蜀道之难难于上青天"，把"难"字重复一次，感叹才能强调。换了"蜀道难于上青天"，就嫌弱了。中文到了李白的手里，可说纯以神遇，全以气行了。有了李白，我们才发现中文可以这样写，方块字之"能"可以发如此之"功"。

诗人该是语言的主宰、文字的大匠，对于每一个字、每一个词，都应该了然于其形象、音质、意义、联想，知所取舍，然后把它放在最有功效的上下文中。所谓"最妥当的字眼置于最妥当的地位"，就是此意。许多作者终身只会重复使用某些字词、某些句法，而令词汇失去活力、句法失去弹性。

大诗人则对文字极为敏感，务求发挥形、声、义最大的功效。苏轼《书韩幹牧马图》之句"四十万匹如云烟，骓驱骊骆骊骝骝"，就在字形上也已予人万马奔腾之感。欧阳修的七绝《再至汝阴》"黄栗留鸣桑葚美，紫樱桃熟麦风凉。朱轮昔愧无遗爱，白头重来似故乡"，句首四字黄、紫、朱、白，巧妙用了四种色彩，成为非常鲜丽的结构，画面至为动人。白居易《琵琶行》为描写音乐的名诗，其高潮处"轻拢慢捻抹复挑，初为《霓裳》后《六幺》。大弦嘈嘈如急雨，小弦切切如私语。嘈嘈切切错杂弹，大珠小珠落玉盘"，不但音响饱满，而且画面生动。"嘈嘈切切错杂弹"七字都是齿音，而"拢""捻""抹""挑"都是弹者的手势，再加上"急雨""私语""珠落玉盘"等虚拟的联想，感性真是发挥到极致了。

把文字的抽象符号经营成一个有实感的世界，而能以假乱真、弄假成真，并且比真的世界更美，正是作家的本领。关键全在这些抽象符号上：文字而要升华为文学，在施者（作家）与受者（读者）之间的功用有如支票。文字果真超凡入圣，变成了文学，支票就兑现成钞票了，否则，就沦为空头支票。

文字虽由抽象符号组成，但是每个作家的符号系统都有差别，越好的作家其系统应该更加多元，也就是更富于弹性，更多来源，因此，在风格上更多彩多姿。英国大诗人丁尼生对文字的驾驭精确过人，奥登就说丁尼生的耳朵，"在英诗人之中，或许最为灵敏"。丁尼生自己也说，除了 scissors 是例外，一切英文字眼他都掂得出斤两。丁尼生的诗句在音调上果然十分神奇，例如《尤利西斯》有这么一行"远在多风的特洛邑震耳的旷野"（Far on the ringing plains of windy Troy），原文的谐韵和半谐韵结构简直不可翻译。又如《狄索纳司》之句"过了多少个长夏啊才死了天鹅"

（And after many a summer dies the swan），原文也是一片天籁，妙处一半在唇鼻之间回响的 m 与齿间漱过的 s，一半在倒装句法把洪亮的主词安排到最后才开腔，这些都不是译文所能为功。学者指出，丁尼生熟读拉丁诗，尤其得力于魏吉尔，读者要有拉丁文的修养，才能欣赏奥古斯都朝在丁尼生诗中回荡的余韵。

拉丁文就是欧洲各国的文言，其为西方文学的泉源，有如我国的古典文学之于新文学。这就令我想到当代华文作家习用的语言了。新文学使用的语言当然是白话文，但是白话文不尽是口语，更不必完全排除文言。有一次，一位文教记者问我："听说你很喜欢苏东坡，为什么在这个时代你还迷恋苏东坡呢？"我说："为什么这个时代我不能喜欢苏东坡呢？你以为苏东坡死了快一千年，就跟你没关系了吗？许多人还在说'庐山真面目'或是'雪泥鸿爪'，连你也会吧！只是不知道是谁的诗句罢了。"文言的许多名句辗转传了千百年，早已脱离上下文，变为成语，人人引用，多已不知出处。例如，"求之不得"原本来自《诗经》，"天长地久"来自《老子》，"君子之交淡如水"来自《庄子》。今日人人出口成章，其实都是古人的余唾。

要是这些成语一概不用，我们非但下笔捉襟见肘，只怕开口都不成腔调了。

我认为今日的作家在白话文的主流中，不妨偶尔酌用一点浅近的文言作为支流，以求变化，而使文笔更有弹性。只要能够"文融于白"而不沦为"文白夹杂"，这种"文白浮雕"的做法可以是风格的正数。无论在诗里或散文里，无论创作或翻译，我常在有意与无心之间融文于白，久之已成一种左右逢源的文体，自称之为"白以为常，文以应变"。这八字诀本身就是文言，若用白话来说，就变成"把白话当作常态，用文言应付变局"，比文言就啰唆多了。

文言可以济白话之不足，用简洁凝练来约束冗赘散漫，使文体免于浅滑。另一方面，真正的口语为白话文平添亲切、流畅、自然，在文体上也起浮雕的作用。我在某些诗中，因为场合需要，会全用口语来写，像《请莫在上风的地方吸烟》《今生今世》《喉核》等便是如此。在翻译王尔德的几本喜剧时，我用的也是日常的口语，只为让演员容易上口，听众容易入耳。例如，在《理想丈夫》里，薛太太便有这么一段台词："别忘了，清教在英国把你们逼成什么样子。从前呢，谁也不会假装比左邻右舍正经一点儿。其实呀，那时谁要是比左邻右舍正经一点儿，人家就觉得你十分俗气，倒像中产阶级了。现在好了，染上了现代的道德狂，人人都只好装腔作势，变得纯洁、清高，外加要命的七大美德的典范。而下场如何呢？你们全栽了，跟打保龄球一样，无一幸免。"

方言和俚语当然也可以入诗入文，例如苏格兰的彭斯就以方言写作而成为大诗人，同时又享誉英国诗坛。不过彭斯应是例外，因为爱尔兰的高尔斯密斯、莫尔、王尔德、叶慈，甚至乔艾斯都是用英文写诗的。我曾以闽南语"郁卒""啥米碗锅"入诗，以粤语"靓仔""叻仔"入文，川语"二娃子"曾入我诗题，闽南语"火金姑"也成了我写萤火虫一诗的题目。"火金姑"真是很美的名字：火言其光；金言其色；而姑，是因为萤火虫放光的是雌性。闽南语的"金急雨"也很美，我一直有意为它写一首诗，尚未能交卷。前举欧阳修的七绝《再至汝阴》里的"黄栗留"，就是黄莺，很可能也就是当时的方言，说不定就是"黄利流"，流利的意思吧。

至于外语入诗，民国初年的新诗人如郭沫若、徐志摩、李金发等都是显例。在西方更是常见，英国诗人最常引用拉丁文；到了现代，像庞德、艾略特等更同时引用好几种外语，实在太过驳杂，不足为训。我在散文里偶尔会引进外语，但在诗中则绝少。在作品里偶引外语，只要上下衔接得妥当，也不足为病，如果常用，或大段引录，就失之饾饤或者炫学了。

诗人对于自己民族语言的贡献，在我看来，一是保持民族生动活泼的想象力，二是保持语言新鲜独创的表现力。反而言之，一位诗人如果对生命不再好奇、同情，则想象力必然衰退；如果对语言失去弹性与活力，则表现力必然萎缩。那现象就是江郎才尽了。

3

文学之为艺术，尤其是诗之为艺术，与其他艺术的欣赏有一大差别，那就是：其他艺术不需要翻译，而文学需要。文学乃语言之艺术，所以是"民族的"，所以有"文字障"，需要翻译。绘画、雕塑、建筑，当然有目共睹，无须译者帮忙。音乐呢？也是有耳共聆；也许作曲家需要演奏家来"翻译"，但好的"译文"，无论是现场演奏或录制成带成碟，都已不少，听来也"差不多"。哪像文学作品，隔了语障就需要翻译。许多好作品，尤其是诗，都颇难译。许多名言佳句根本"译不过来"。佛洛斯特就说：诗便是在翻译之中失去的那样东西。所以，诺贝尔文学奖原来就是不公平的比赛，因为西方的作家只要把母语写好就有知音，而东方作家却得戴起译文的面具去参加选美。诺贝尔文学奖其实只能算西方文学奖，绝非世界文学奖。

创作与翻译其实也绝非反义词，因为创作原则上也是一种翻译，而翻译也可以说是有限度的创作。

简而言之，创作的过程是将作者对生命的感悟（姑且称为经验）译成明确的文字。读者欣赏那作品的过程则恰恰相反，是将文字还原为作家的经验。批评家要做的，是研究那样的文字是否能够表现那样的经验。译者的任务却又不同，一方面他要应付原文，一方面还得透过原文去揣摩原作者真正的经验。

创作虽可视为一种翻译，当然与真正的翻译还是有异。翻译有面目明确的原文可以着手，创作所要表现的经验却未经澄清，有待沉淀。作者创作的过程，从游移到凝定，从混沌到清明，历经选择、修正、重组，是边译边改，一直要到译完始见真相，原文的真相。创作与翻译颇有相通之处，选择便是其一。例如，你要形容一位佳人，究竟她是妩媚呢、明艳呢，还是亮丽？应知取舍。同理，原文如说 She is an elegant lady. 你在许多同义词里，例如，高雅、优美、秀气、斯文，究竟该用哪一个呢？下笔时还有选择的余地，就有点创作的意味了。选择也不限于遣词用字，还可施于安排次序。在英文诗里常见倒装句法，但在英文的散文里，却以"顺句"为多。那些顺句若要译成中文，反而多应改成"逆句"，才不至于冗长乏力。例如，王尔德的喜剧《不可儿戏》有这么几句：

I do not think that even I could produce any effect on a character that according to his own brother's admission is irretrievably weak and vacillating. Indeed I am not sure that I would desire to reclaim his. I am not in favor of this modern mania for turning bad people into good people at a moment's notice. As a man sows so let him reap.

这是第二幕开头家庭教师劳小姐对西西丽说的话，我的译文是：

他自己的哥哥都承认他性格懦弱，意志动摇，到了不可救药的地步；对这种人，我看连我也起不了什么作用。老实说，我也不怎么想要挽救他。一声通知，就要把坏蛋变成好人，现代人的这种狂热我也不赞成。恶嘛当然应有恶报。

这一段共有四句话，第一、第三两句较长，而且都是顺句，但在译文里如果要保住那顺势而不逆译，势必冗长乏力。

我先把长句拆散，再加倒装，不但更像中文，而且踏实有力。这便是句法上可以取舍的自由。用字（diction）与造句（syntax）都还有取舍的余地，不能不说是一种自主、自由。其实，我在中译《梵高传》《不可儿戏》《录事巴托比》时，的确享有在约束中仍能酌量发挥自我风格的乐趣。

创作与翻译是会互相影响的。译文受原文影响，是天经地义。但在翻译的"海变"（sea change）之中，由于译者自身的性格、风格、功力的关系，译文也会回过头去，影响原文，赋原文以特殊的风貌。所以原文在译文中脱胎换骨、整容化妆的结果，不但取决于"受语"（target language）的民族性，而且受惠于（或受害于）译者的个性。例如颇普自诩英译的荷马史诗《伊利昂记》，采用十八世纪流行的"英雄式偶句"来应付希腊史诗每行六音步、每音步一长二短的"三指节"（dactylic verse），把古代的英雄驯为当代的绅士，遂召来当代希腊学名学者班特利之讥："诗是好诗，却充不得荷马。"

民国初年，拜伦的《哀希腊》鼓舞了多少爱国志士，一时遂出现多种中译：苏曼殊用五言古体，马君武用七言古体，而胡适用歌哭慷慨的骚体。苏曼殊的译文受五言所限，不足以尽拜伦吊古伤今之情。还是七言古诗的曼吟与骚体的一唱三叹更为接近，尤其是骚体，比胡适自己的白话诗动人多了。

至于林纾所译西洋名著，多用浅近的清丽文言，也曾风行一时。钱锺书好用文言意译西方典籍，下笔圆融婉转，胜过一般白话中译。他甚至认为，林纾所译的《块肉余生记》比狄更斯的原著更高明。我无意在此无条件地提创"意译"，但是在读了无数白话的硬译、冗译、劣译之余，有时不免悠然怀古，回忆我在高中时代耽读林纾所译的《茶花女轶事》，惊艳之情，留芳至今。

所以，在此我要提出一个观念：翻译外国作品，谁也不能规定非用白话不可。译界原有共识：每个时代都应以当时的语言来译古典名著。因此，莎剧的译本应时时更新，多多益善。林纾既能用文言来译一百年前的小说，则四百年前的诗剧为什么一定不能用文言来翻？不过演员说台词，毕竟无法径用文言。可是诗与散文呢？培根的小品文距今也已四百年，古远与徐霞客相当，为什么一定不能以文言面貌来会今人呢？其实，大陆的译家王佐良早已如此做了，至于严复就更早了。

我在前文曾提到自己，无论在创作或翻译之中，常常奉行八字诀的原则，那就是"白以为常，文以应变"。即使撰写论文，遇到需要引述经典名句，若径用白语译出，总不如文言那么简练浑成、一言九鼎。《神曲·地狱》第三章开始，地狱门首石刻的戒词"Abandon all hope, ye who enter here"（齐亚地英译）

若用白话来译，例如"进来的人，放弃一切希望吧"，就显得单薄无力。但是若用文言来译，例如"入此门者，莫存幸念"，就显得厚重坚强，不容摇撼。我并非要用文言来取代白话，因为那绝无可能，也非上策。我只是认为，在译文中有时可以用文言来调剂或加强白话。如果是一首短诗，而语气又老练而精简，我会抛开白话，乞援于文言：叶慈的《华衣》(*A Coat*) 乃一显例。庞德的《罪过》(*An Immorality*) 就更短了：

Sing we for love and idleness,
Naught else is worth the having,

Though I have been in many a land,
There is naught else in living,

And I would rather have my sweet,
Though rose-leaves die of grieving,

Than do high deeds in Hungary
To pass all men's believing.

罪过

且歌吟爱情与懒散，
此外皆何足保持，

纵游过多少异邦，
人生亦别无乐事。

宁厮守自身之情人，
纵蔷薇叶悲伤而死，

也不愿立功于匈牙利，
令众人惊异不置。

　　有时因为原作主题有异，语言粗豪，译文就必
须改用率真的口语。例如杰佛斯的《野猪之歌》(*The
Stars Go over the Lonely Ocean*)的末段，中译时就不
能不"讲粗口"了：

'Keep clear of the dupes that talk democracy

And the dogs that bark revolution,

Drunk with talk, liars and believers.

I believe in my tusks.

Long live freedom and damn the ideologies,'

Said the gamey black-maned wild boar

Tusking the turf on Mal Paso Mountain.

"管他什么高谈民主的笨蛋，

什么狂吠革命的恶狗，

谈昏了头啦，骗子和信徒。

我只信自己的长牙。

自由万岁，他娘的意识形态，"

黑鬃的野猪真有种，他这么说，

一面用长牙挑毛巴索山的草皮。

　　我在翻译散文时，视场合需要，也偶或会用文言来"应变"。在《龚自珍与雪莱》的长篇论文中，为了说明雪莱也关心政治现实与欧洲形势，并非安诺德所谓的"美丽而无用的天使，徒然在虚空里扑动耀眼的双翼"，我有意用《战国策》的文体译出雪莱在诗剧

《希腊》的序言里所发的一段议论：

Russia desires to possess, not to liberate Greece and is contented to see the Turks, its natural enemies, and the Greeks, its intended slaves, enfeeble each other until one or both fall into its net. The wise and generous policy of England would have consisted in establishing the independance of Greece, and in maintaining it against Russia and the Turks.

夫俄罗斯之图希腊也，在并吞其国，非解救其民也。土耳其，俄罗斯先天之宿敌；希腊，俄罗斯欲畜之驯奴。俄罗斯之所快，莫如二邻之互斗俱伤，以擒其一，或并而吞之。为英国计，智仁兼顾之道，莫如立自主之希腊，扶其抗俄而御土。

雪莱每逢诗兴不振，为保诗艺不至于荒废，就转而译诗，曾将《神曲》英译了五十一行，诗体则悉依但丁原文"三行连锁体"（terza rima）的格式。就凭了这么严格的译诗试验，他日后竟写出了同一格式的

《西风歌》及五百多行的《生之凯旋》。足见作家而兼译者，其译笔也会反过来影响创作，无论在题材、文体或句法上都带来新意、新技。所谓翻译，原就是换一种语言来传原意，步武既久，濡染成习，自然熟能生巧，转化成自身的血肉。翻译有如临帖，王羲之的一钩一画久之终会变成临者的身段步伐。偶尔福至心灵，纯以神遇，又像扶乩。我译过的英文作品里有诗，有散文，有小说，有戏剧，也有评论；其中诗译得最多，包括自英译再转译的土耳其诗六十多首，总数在三百首以上。所译作品文类不同，而同一文类之中，例如诗吧，也有各式各样的体裁，从严谨的格律诗与伸缩多变的无韵体到奔放不羁的自由诗，种种挑战都接过招。那考验，犹如用西洋的武器，与西洋的武士历经对阵比武，总能练得一招半式吧。虽然不可能每次都打成平手，但是迄今也还没有阵亡，有时候，竟然还会小赢一次，帅吧！

　　我有一次在国际研讨会上，报告自己翻译王尔德喜剧的经验，说唯美大师才高手巧，最爱卖弄文字游戏，常教译者"望洋兴叹"，难以接招。"不过呢，"我说，"有时碰巧，我的译文也会胜过他的原文。"各国学者吃了一惊，一起放下茶杯，静待下文。我说，"有些修辞绝技，例如对仗，英文根本不是中文对手。这种场合，原文不如译文，并非王尔德不如我，而是他手里的兵器比不上我的兵器。"

接下来我举证的例子，出在《不可儿戏》的第二幕。劳小姐气蔡牧师还不向她求婚，恨恨然对他说：You should get married. A misanthrope I can understand —— a womanthrope, never! 劳小姐情急嘴快，把 misogynist 说成了 womanthrope，但妙在与前文的 misanthrope 同一语尾，格式未破，尽管不通，却很难译。如果我避重就轻，只译成"一个厌世者我可以了解——一个厌女者，决不！"也就勉强打发，可是如此直译不但生硬，更且难懂。我是这样变通的："一个人恨人类而要独善其身，我可以了解——一个人恨女人而要独抱其身，就莫名其妙！"中文说男人不娶是"抱独身主义"，稍加扭曲就成了"独抱其身"，不但与"独善其身"句法呼应，而且有"不抱女人"与"自恋"的暗示，实在比王尔德高明得多。

但愿文学创作能长保民族心灵的想象力，促进民族语言的表现力，而文学翻译能引进外族的想象力与表现力，来启发本族的文学，并促进各民族之间的了解。作家而兼为译者，则双管齐下，不但彼此输血，左右逢源，亦当能事半而功倍。

二〇〇〇年十一月五日

翻译之教育与反教育

1

翻译常有直译与意译之说，相当困人。这问题，古代的翻译名家早有体会。鸠摩罗什曾与僧睿论译梵为秦，有"天见人，人见天"之句，罗什译至此曰："此语与西域义同，但在言过质。"睿应声曰："将非'天人交接，两得相见'乎？"罗什大喜曰："实然！"

所谓"在言过质"，就是译文太忠实了，也就是太过直译。不过"天人交接，两得相见"却又似乎偏于意译了。所以后来罗什又与僧睿论西方辞体曰："改梵为秦，失其藻蔚，虽得大意，殊隔文体，有似嚼饭与人，非徒失味，乃令呕秽也。"

过分意译，就会"殊隔文体"，虽然轻松了读者，却未尽原文形式之妙，尤以经典之翻译为然。所以在罗什之前，道安比对同本异译，就已提出"译梵为秦，有五失本"之论。今日盛会，在座多为教授翻译的老师，也就是"吃翻译饭"的人。辛苦的是，不但自己吃着，还得去喂别人，正是鸠摩罗什所说的"嚼饭喂人"。问题在于，被喂的人是否得益？

2

翻译教学的方法千变万化，不妨因材施教，大致上不出二途。第一是从理论出发，应用普遍的原理来处理个别的实例，可称演绎法。第二是由经验入手，从千百个实例中领悟出普遍的原理，可称归纳法。我的朋友里面，纯学者，尤其是语言学家，倾向前者；而真正的译者，尤其是资深译家，则倾向后者。其实两者互为因果，应该相辅相成。

从理论出发，必须多举实例以为补充，才能落实，否则变成空论。反之，由经验入手，也必须融会贯通，举一反三，由小见大，才能把个例提炼为通则，否则失之琐碎。翻译教学的最佳方式，便是要学生多做练习，俾能面对实例，设法克难解困，并在其中渐渐悟出种种原理，更经老师从旁指点，因势利导，时时将实例接通到理论上去。

其实一个人如果深究翻译，不但会悟出翻译之道，同时因为常在两种语言之间排难解纷，消异求同，更将施语（source language）与受语（target language）的特性渐渐认清，等于也研究了"比较语言学"了。例如下面这几句话：

1. It is impossible to convince him.

2. Does it matter what color it is?

3. Everyone has talent at twenty-five. The difficulty is to have it at fifty.

英文的 it 在文法身份上是代名词，从前三例看来，无论它是虚位主词或实位受词，在中文里都无必要，甚至可以认为"虚字"，可以不理，因此不译。一个人如果把英文"看透"了，又时时留心与中文比较，就会摸清双方虚实，一旦面对翻译，就容易知道问题何在，并且有法解决。这当然是说老手。可是初习翻译的学生，经验不足，就算学了一点理论，临阵仍然无法活用。

　　所以要做好翻译，不但要投入其中，累积经验，还要跳得出来，说得出道理。道理说得完备，自成系统，便是理论。但是翻译的理论毕竟不能算科学，因为它难以量化，也难于百试不爽，更因为一个句子可以有几种译法，都不算错。因此不禁要问：翻译究竟是艺术，还是技术？这问题，我认为可以分开来看。如果要译的文字是一件艺术品，也就是说一件作品，一篇美文（不论是何文体），一句妙语名言，在翻译家笔下，可以有不同译法而又各有千秋，则翻译应是艺术。反之，如果要译的文字目的不在创造而在达意，不在美感而在实用，译者只求正确，读者只求能懂，则翻译不过是技巧。一般说来，语言学家倾向把翻译当作科学，而文学家倾向把翻译当作艺术。

　　如果实用的翻译只是技巧，则其译者可以"训练"，不妨"量产"。如果文学的翻译也是艺术，则其译者难以"训练"，只能"修炼"，而就算苦炼，也未必能成正果。由此看来，翻译而要成家，其难也不下于作家。能成正果的翻译家，学问之博不能输于学者，文笔之妙应能追摹作家。即以书名、篇名的翻译为例，亦可窥译事之难。许多名著的书名都本于前人的诗句，译者如果不明出处，就只好望文生义，容易误解。现代小说家中，取书名最爱掉书袋者，莫过于赫胥黎（Aldous Huxley, 1894—1963）。他的小说 *Brave New World*，*Eyeless in Gaza*，*Those Barren Leaves*，*After Many a Summer Dies the Swan*，依次采用莎士比亚、米尔顿、华兹华斯、丁尼生的诗句。其中，采用莎翁与华翁的两句最容易译错，成为《勇敢的新世界》（可作《大好新世界》或《妙哉新世界》）与《枯叶》（可作《荒篇槁卷》）。又如英国作家弗朗西斯·金的 *To the Dark Tower* 一书，有人误译为《致黑塔》，正因为不明是本于布朗宁名诗 *Childe Roland to the Dark Tower Came*，而布朗宁的诗题又借了莎翁《李尔王》的句子。诸如此类问题，都不是翻译理论所能解决的。

3

在《作者，学者，译者》一文中，我曾经指出：

"译者其实是不写论文的学者，没有创作的作家。也就是说，译者必定相当饱学，也必定擅于运用语文，并且不止一种，而是两种以上：其一要能尽窥其妙，其二要能运用自如。"

教授翻译的老师，自身起码也该是一位译者，最好当然是一位译家。正如我前文所说，译者应该是"有实无名"的作家兼学者，才能够左右逢源。比照此说，做翻译教师也应该兼有"二高"，那便是"眼高"加上"手高"。眼高包括有学问、有见解、有理论，正是学者之长。手高则指自己真能出手翻译，甚至拿得出"译绩"，就是作家之功了。如果翻译是一门艺术，则它不仅是"学科"，也该算"术科"。若以战争为喻，则翻译教师不但是军事学家，最好还是名将。

但是，今日在大学任教翻译的老师，真能提出"译绩"的实在不多，因为中文系与外文系的教师里，双语兼通而有力翻译者，本来就少。中文系向来不开翻译课，外文系虽设此课，却非显学，也不是必修，没有人抢着要教。据我所知，外文系有些教师的中文，恐怕还不如外文。所以有此现象，一大原因在于学术界认定翻译既非论文，当然不算学术，更与升等无缘。

前文提到翻译教师要有"二高"。其实眼高未必保证手高，因为眼高手低的人比比皆是。倒是手高往往说明眼高。一个人的翻译，其实就是他自己翻译理念不落言诠的实践，正如一个人的创作里其实就隐藏了自己的文学观。所以译文之高下适足表现译者眼光之高下。

翻译教师正如艺术系和音乐系的"术科"教师，必先自己艺高，学生才会心悦诚服，尊师重道。不过手高只是原则，落实在翻译的教学上，应该还要讲究"四德"。第一，学生交来练习，必须仔细改正。每一篇练习都有其特殊的毛病，必须对症下药，否则教师只要发给全班一篇"标准译文"，岂不省事？如果翻译是一种艺术，那就不是"是非选择题"那么简单，而是错的要改对，对的要改好，好的还要求其更上层楼。第二，理想虽然如此，但是为了鼓励学生，免得他全然失去自信，凡原译有其好处值得保留的，应该尽量保留。第三，原译如果有其风格，或是有意追求某种风格，则批改之际不妨顺应原译的用心。如果原译喜欢俚白，不妨成全其流利明畅；反之，如果原译追求文雅，也不妨成全其雍容端庄。老师能做到这一点，高材生才有机会发展自己的所长，甚至追求自己的风

格。反之，老师如果褊狭而又固执，全班就可能被他
教成一批"复制人"。

由此观之，要做一个真正称职的翻译教师，简直
先得成为一位无施而不可、有求而皆应的文体家了。
如此要求，又似乎太奢。不过身为大学教授，怎能没
有三两把刷子？谁规定外国文学作品，尤其是古代的
经典，只能用白话来译，而不可用文言呢？如果学生
心血来潮，竟然用文言来译了，做老师的难道只能躲
在白话文里束手无策吗？

尽管如此，名师也未必能出高徒。如果学生的根
柢太浅，则老师纵有"二高""四德"，恐怕也会无处
着力。一般的情形是：改英文中译时其实是在改中文作
文，而改中文英译时又像在改英文作文。学生如果还在
这文字障中挣扎，老师恐怕也就事倍功半，收效不彰。

4

我在各大学教授翻译，历三十余年，在此略述经

验，以供同行参考。一学期的这门课，大约是十四周，内容的分配大致如下：前两周是概论，包括翻译之功用、翻译与创作、翻译之为比较语言学、翻译方法论、翻译史举例、中文西化之病、翻译参考书等子题。第三周至第六周，翻译哲学、历史、新闻及社会科学之类的文章。第七周至第十周，翻译诗、散文、格言、小说等文类。第十一周至第十四周，改为中文英译，包括古文、诗词、白话文等体。

练习每周要做一篇，习题分量约三百字，如果译诗，则为短诗二首，如果译警句格言，则为十一二则，如为古文，则酌量减少。至于练习发交的程序，一轮共为五周：第一周老师发题，第二周学生交卷，第三周老师批改后发还练习，第四周学生将已改之练习重抄后再交卷，第五周老师将誊清之练习核校后再发还。前后五周，一篇练习轮回两次，才告结束。我初教此课，把批改了的练习发还学生后，就算了事。后来觉得如此不够彻底，只恐粗心的学生接回练习，匆匆一瞥分数，不再细看老师如何苦心细改。所以，我便改变方式，要学生重抄一遍再交来，迫使他们认真审视我的批改，加深印象。我更吩咐学生，再交练习时可以照单重抄，亦可触类旁通，自己另行改译，不必完全接受老师的批改。有时学生再交之稿仍然有误，或者欠妥，我就会再加改正。

第三周我将练习发还时，虽然各篇都已经仔细改过，我仍会当堂口头作一次综合讲评，说明我所以如此批改的理由，并分析原文的文法结构、修辞风格、文化背景，等等。讲评往往长达一小时，更常乘机分析中文与英文之异同，并指出"施语"与"受语"相通之处不妨"直译"，而相悖之处则可"意译"。

我还规定，学生的练习必须正楷写在有格的原稿纸上，并且隔行书写，才能在行间留出足够的空间供我批改。

翻译课每周三小时，其中两小时用来讲评笔译，余下的一小时则用来口译。我教口译，是从戏剧入手，仍然强调一点文学性，最常用的是王尔德的几出喜剧。莎士比亚的诗剧太古，雪莱的诗剧太文，都太难译，而且不像口语，也不切实际。王尔德喜剧的台词简洁而流利，不但机锋高妙，而且谐趣无穷，绝少冷场。事先我把原文发给学生，让他们早做准备。堂上我会临时指派他们轮流分担角色，口译台词。如果译不出来，或是译得不对、不妥、不像口语，我就得动口示范。如此一路译来，场面热闹，笑声不绝，非但学生之间互相承接，师生之间亦多交流，堂上情绪十分热烈，学习效果亦佳。所以一般而言，笔译多为静态，口译则多动感，正好互相调剂。历年在翻译班上用这种方式教导口译，我自己等于把王尔德的喜剧都已口译了一遍，所以只要用笔录出，便成正式的译文了。

5

一九八七年梁实秋先生在台逝世，为纪念他对文坛的重大贡献，台湾中华日报社设立了"梁实秋文学奖"，并分为散文奖与翻译奖两项，来彰显他在这两方面的成就。我参加其中翻译奖的出题与评审，十二年来从未间断，以梁先生名义为号召的这个文学奖，我忝列梁门弟子，共襄盛举，当然是义不容辞。这十二年的经验有几点值得一谈。

首先是出题。出题适当与否，决定比赛的成败。

题目不能太难，否则没有人敢参加；更不能太容易，否则人人都译得不错，高下难分。原著也不能太有名，否则译本已多，难杜抄袭；另一方面，也不能太不见经传，否则也不值得翻译。同时，原著不能太长，否则译起来吃力，评起来更劳神。为了多般考验译者的功力，译诗组与译文组各出两题：译诗组出两首诗，译文组则出两段散文。如果是出散文，必有一题较富知性，另一题则较富感性。如果是出诗，则两题必属不同诗体：例如一题是十四行诗，另一题则是无韵体。此外，挑选作者也讲究对照，有时是一古一今，有时是一英一美。出题既有这么多讲究，所以翻来找去，沉吟难决，往往会选上两三天。

评审也不轻松。首先，要在台湾的学界邀请够格而且服众的评审委员，就不容易。所谓名教授往往是评论家，志在发表"学术论文"，尤其是在操演西方当令显学的某某主义，但是说到翻译，因为不能抵充论文，而又无助于升等，所以肯动手的不多，有成就的更是罕见。

一般的文学奖，往往得过初审、复审、决审三关，稿件一路淘汰，到了决赛委员手里，件数不会多了。梁实秋翻译奖十二年来都不经初审、复审，只有决审。每次评审会议，都从上午九点半一直讨论到晚饭时分，才能定案。所以再三沉吟，是因为来稿之中犯错少的往往文笔不见精警，而文笔出众的又偏偏一再犯错，要找一篇来稿原文没看走眼而译文也没翻失手的，全不可能。

后来，我们发展出两套办法来解决难题。第一套可称定位法，就是选定一篇颇佳的译稿作为基准，再把其他可称佳译的来稿拿来比较，较佳者置于其前，较次者置于其后，最后把"后置者"淘汰，再把"前置者"互相比较，排出优先次序，便可产生前三名与若干佳作。有时两稿看来势均力敌，一时难分高下，不是各具胜境，便是互见瑕疵。三位评审委员讨论再三，不得要领，只好祭起记分法了。就是权将翻译当科学，一篇译稿之中，遇有优点，分为大优、中优、小优，比照加分；遇有毛病，则分为大病、中病、小病，也比照扣分。这么一经量化，虽然略带武断，却很快得到结果。

决定得奖名次之后，评审工作并未完成，译稿为何得奖，有何优点，有何瑕疵甚至谬误，评审委员会有责任向读者说明，更应该向译者交代。所以事后发

表一篇详细的讲评，有其必要，否则，有奖无评，或者有评而草率空泛，就不能达成设奖之为社会教育的功能。也就是说，翻译奖的评审委员不但应该"眼高"，能分妍媸，还得"手高"，才能示范。

且以译诗为例。译诗难于译文，译古典体裁的格律诗尤为难中之难，就算译者是一位优秀诗人，但如果向来只写所谓"自由诗"而不谙格律诗艺，也往往捉襟见肘，无法交差。评审委员不能只会东指西点，说什么这里押韵落空，诗行参差，那里文字不够高雅，句法失之生硬，而题目又不合原文，等等，因为这些问题一般译者也看得出来。动口的只能做旁观者；动手，才配做评审。你说人家功夫不够，那就请你出手来正韵、整行，返文字于高雅，救句法之不顺，如何？

就在这样的信念下，十二年来我一直为译诗组撰写逐篇评析的详细报告，短则六七千字，长则超过万言。我觉得要做到这地步才算功德圆满，也才算推行了翻译的"社会教育"，把大学的翻译课推行到文坛、译界。至于译文组的评析，就由彭镜禧教授及其他评审委员负责，后来他把自己这方面的文字收集起来，出了一本专书，名为《英美名家散文译注》。

6

　　美丽的中文，我们这民族最悠久也是最珍贵的一笔遗产，正遭受日渐严重的扭曲与污染。尽管有少数作家与学者深感忧心，而且不断提出警告，收效似乎不彰。适得其反的是，日常使用的语文，正如日常使用的钱币，往往带有污染，而且容易传染。一般人或出于无知，或出于无心，更出于无力，往往随俗随众，人云亦云，并不在乎中文的自然纯净。不知道从什么时候起，"名气"竟然变成了"知名度"，"扬名"变成了"打知名度"，"扬名国际"变成了"打响国际的知名度"。显而易见，中文正由简洁沦为繁琐，由雅正沦为庸俗。

　　同样地，"雄心"也好，"壮志"也好，忽然都变成了"企图心"，为了强调，更不厌其烦，拖沓而成"旺盛的企图心"。这种种啰唆的怪语，轻易就成为时髦，从政府高官到媒体名人，甚至包括不少意志薄弱的学者作家，近年来都已琅琅上口。同样地，一本书"好看""耐读"，忽然变成了"可读性高"，甚至迂回其词，变成了"具有高度的可读性"。至于"大陆政策很不稳定"可以说成"大陆政策充满了高度的不稳定性"，更常出于名流之口。

对于有心学习翻译的人，目前的社会语文环境所能提供的，往往是反教育。也就是说，耳濡目染的结果，是带坏，不是导正。

一般的译书往往不是好榜样，误译之外，多的是生硬的直译，讨巧的意译，甚至不负责任的删节。一年一度报纸推荐的十大好书之类，译书所占比例逐年提高，但是把奖颁给译书，究竟是因为原著高明、原著畅销或是中译高明，并未详述。其实在赞词之中绝少提到译笔如何高明，而据我所知，有些入选的译书常见不必要的西化，在译艺上不过二流。

不少学者写起文章来西化成风，不是句法别扭、语调冗长，便是措词繁琐、术语不断。这种迂回嗫嚅的翻译体，甚至有些名学者也未能解脱。一个人如果经常读这种文章，难保不受恶性西化潜移默化。

但是影响最大的还是日常面对的媒体，尤其是电视。电视之为媒体，分秒必争，所以新闻播报例皆滔滔不绝，高速争快。台湾的新闻播报，口齿之迅速超

过大陆与香港的同行，有时快得简直像急口令，可是
细听之余，常会发现，如果撰写的读稿能简洁一点，
就可缩减字数，不必那么急急赶播了。

　　"正当山难救护人员深入山中搜寻失踪多日的学生
的同时，有一位学生却已独自脱险下山。"像这样的
长句也难怪主播人要加速急赶，可是"的同时"三字
纯然多余，如果删去，当较简明而少费唇舌。其实前
半句若能化整为零，加以重组，改成"学生失踪多日，
山难救护人员深入山中搜寻"，不但可省六字，语气也
转为清畅缓和，应当好念得多。又有一次我听到这样
的句子："尽管缉私的困难度很高，昨日警方却成功地
查获了大批毒品。"查而获之，就是很成功了，所以
"成功地"完全多余。至于"困难度"也不像中文。为
什么不能减去六字，改成"尽管缉私很困难，昨日警
方却查获了大批毒品"。前引二例都不会是外电翻译，
却都写得像译文体一样，对主播的口齿和听众的耳朵，
平添不必要的负担。足见翻译已深入我们的表达习惯。

　　另一方面，为人师表者也应该时时反省，自己在
口头、笔下有没有做到简洁、清畅、自然，否则自身
就是污源，怎么得了。翻译教师的警惕应该更高，如

果自己习于繁琐语法、恶性西化而不自知，则一定误人。翻译教师若竟染上冗赘与生硬之病，那真像刑警贩毒，危害倍增。

翻译教师正如国文教师，也正如一切作家与人文学科的教授，对于维护健康美丽的中文，都负有重大责任。对于强势外语不良影响的入侵，这该是另一种国防。

一九九九年六月六日

虚实之间见功夫

　　中文文法常有实字、虚字之分。所谓实字，多为句中具体可见的字，呈现的是人、物、事的动作、变化、状态；通常是指名词、动词、形容词。其他的词类则大半承上启下，依附于实字之间，称为虚字。实字乃句法结构之主体，求其平衡。虚字乃其附体，求其伸缩而有弹性。散文用字，往往虚实交错；诗体则贵精练，多用实字。例如王维的"大漠孤烟直，长河落日圆"，孟浩然的"气蒸云梦泽，波撼岳阳城"，全用实字。陈子昂的"念天地之悠悠，独怆然而涕下"，李白的"其险也如此，嗟尔远道之人胡为乎来哉"，加入了散文的成分，也就是用了虚字，结果失去平衡，却添了弹性。

　　英文的文法比其他西方语文简便，但是比中文仍较苛细，久于译道的人当会发现，把英文译成中文时，英文句中的许多"虚字"往往不必，甚至可不译成中文。许多虚字，在英文里不可或缺，在中文里则可有可无，有了成添足，没有才干净。

英文的冠词（a, an, the）为中文所无，照例可以不译。A soldier must love his country 一句，译成"士兵必须爱国"已足，根本不必理会冠词，也不必理会所有格限定词的 his。有时候，因为中文句法忌用突兀的单字，所以 a glimpse of infinity 仍宜译成"大千一瞥"或"一瞥无限"，而不宜译成"无限之瞥"。

介词在英文里用得很多，几乎每一句话都少不了，有时候一句之中有几次。中译的时候，介词往往不可直译，需要改变句法，绕道而过。例如 Discuss it over lunch. 只能把介词化开，说成"吃午饭时再讨论吧"。又如 Don't say now if you'll take the job：sleep on it first. 后半句的介词与代名词都不可译，只能说"现在别决定你接不接这个工作：考虑一晚再说吧"。有的介词中译时很难交代，例如 His speech on unemployment was well received. 有本词典译成"他那关于失业问题的演说受到了欢迎"，有点拗口，不妨忘掉介词，译成"他演讲失业问题，颇受欢迎"，或者仍然保留介词，译成"他就失业问题发表演讲，颇受欢迎"。再举一例，From her looks I'd say she was Swedish. 某词典译成"从她的相貌上看，我敢说她是瑞典人"，原也不错，如要不理介词，当然也可以说"看她的相貌，我敢说她是瑞典人"。其实，"她的"也可以不要。

介词用在英文题目里，往往译不过来，也就不必理它。例如济慈的 *On First Looking into Chapman's Homer*，当然不用理会介词，径译《初窥蔡译荷马》可也。他如 *Ode to a Nightingale*，历来都译《夜莺曲》。*To Autumn* 也可译《咏秋》《秋日吟》《秋之颂》，犯不着保留介词，说什么《给秋天》。至于格瑞（Thomas Gray）的 *On the Death of Mr. Richard West*，也不宜直译，可以用文言，说《悼魏里查君》。罗夫雷斯（Richard Lovelace）的 *To Althea, from Prison*，介词 to 只能改成动词"寄"或"赠"，诗题可译《狱中寄艾蒂雅》。

连接词在英文中用来连接对等的字眼，尤以 and 一字为然，出现频率极高。在两个以上的一连串实字或虚字（介词、副词、代名词等）之中，and 必然置于最后一个字之前。中文的"夫妻"，英文一定是

husband and wife（或者 man and wife）。中文的"春夏秋冬"，英文要说成 spring, summer, autumn and winter。相比之下，中文在列举的场合往往不用连接词"和""与""及""以及"等。不但像"君臣""父母""天地""左右""上下"等的二字组合中不用，甚至在"千军万马""独一无二""声东击西""南腔北调""古今中外""有始有终""天地君亲师""金木水火土""柴米油盐酱醋茶"等多字组合中，也绝不会用。不但名词的组合如此，即连一串动词的组合亦然："地崩山摧壮士死""石破天惊逗秋雨""云破月来花弄影"等名句都可印证。中文不好的译者往往见 and 就照搬；现在，连中文不差的作者也在自己母语里画蛇添足，滥用"和""与"之类了。我在台港之间乘飞机，就常会听到如下的广播："在飞机尚未停妥和扣安全带的灯号熄灭之前，请……希望各位乘客感到愉快和满意。"

另一文法要件，英文必有而中文可无，是主词。例如，How many apples are there? Have you counted them? 后一句如译"数过了没有？"应该最像中文，"你"字可有可无。如译"你数过它们没有？"就糟了。因此，我们还发现：代名词（尤其是复数代名词）用作受词时，可以不译。中国古诗的语言，特有一种不即不离的美感，往往句句不提主词，而又字字不离主题。试看五绝《静夜思》《寻隐者不遇》，都可印证。此地且看一首七绝，王维的《九月九日忆山东兄弟》：

独在异乡为异客，
每逢佳节倍思亲。
遥知兄弟登高处，
遍插茱萸少一人。

前三句的主词当然都是"我"，末句的主词当然是题目所指的"山东兄弟"。《寻隐者不遇》四句，如果都加上主词，变成了下面的七绝，能跟王维的名作比吗？

我来松下问童子，
童子言师采药去。
师行只在此山中，
云深童子不知处。

　　中西文法另一重大差异，在于西文好用代名词，而中文少用。代名词所代者，如果是具体可感的人、物、事，还可以找到原主。最可怕的是：原主竟然是抽象名词，尤其是复数抽象名词。前文的 such an idea，到了后文变成 it；前文的 business interests，到了后文又变成 them：无不害人寻寻觅觅，难以还原。在英文里，不但散文如此，连诗都难幸免。英文诗之难读，一半要怪文法；文法之难解，一半要怪代名词。一首诗才读了几行，忽然就来了几个形迹可疑的代名词，用障眼法在你前后出没，不知究竟是谁派来的。于是，你睁大倦目，去前文寻找。可是前文已经有三个名词，个个似乎都有嫌疑。读英文诗所以疲劳，往往是因为要捕捉这些"嫌疑犯"。且引几段英诗为证：

The master saw the madness rise,

His glowing cheeks, his ardent eyes;

And, while he heaven and earth defied,

Changed his hand, and checked his pride.

　　　　　　——John Dryden: *Alexander's Feast*

　　诗中所咏是亚历山大大帝打败波斯后，乐师狄马修斯在庆功宴上奏乐，大帝听了意气风发。master 是指乐师；第二行及第三行的两个 his 和一个 he，均指大帝；第四行的两个 his 则各有所指，前面的 his 是指乐师手法一变，后面的 his 却是指大帝的豪气压低。四句诗中竟用了五个代名词，足见其多；末句紧接的两个 his，却指不同的人，更说明了英文也会自限于文法的窘境。这两个 his 怎能照译过来呢？当然是译不得的，只好不管它，勉强译成"变了琴音，令君王顿敛豪情"。下面两段都摘自马罗的叙事诗《希罗与琳达》（Christopher Marlowe: *Hero and Leander*）

She wore no gloves, for neither sun nor wind
Would burn or parch her hands, but to her mind
Or warm or cool them, for they took delight
To play upon those hands, they were so white.

So lovely fair was Hero, Venus' nun,
As Nature wept, thinking she was undone,
Because she took more from her than she left

And of such wondrous beauty her bereft.

前一段说美人希罗纤手之白，日不忍晒，风不忍吹，反而照她的意思，该暖则暖，要凉就凉，因为太阳与风都乐于抚弄那双柔荑。问题在于，后两行一口气来了三个复数的代名词"它们"，中间的 they 指的是太阳与风，其他的两个却是指手。英文已经夹缠，译成中文就更混乱，所以根本译不得，只好不理，另想办法径称代名词所代的原物。

后一段说希罗太美，造化只能自认不幸，因为希罗得自造化者（她的天生丽质）竟多于造化所剩者（指造化之美一半以上已钟于她的一身）。这一段的代名词加上所有格有五个之多，偏偏造化也是女性，所以要弄清楚：第二行的"她"是指造化，第三行的三个"她（的）"依次是指希罗、造化、希罗，末行的"她的"则是指造化。好用代名词，就容易张冠李戴；英文文法之琐细，简直是自设陷阱。译者要是一一直译交代，岂非自讨苦吃？

另一可怕的迷宫，是抽象名词也要插进来搅局，而其分身的代名词竟然还有阳性、阴性、中性之分，而且分得无理可喻。请看下面这两段：

And mutual fear brings peace,

Till the selfish loves increase;

Then Cruelty knits a snare,

And spread his baits with care.

He sits down with holy fears,

And waters the ground with tears;

Then Humility takes its root

Underneath his foot.

——William Blake : *The Human Abstract*

这种强把抽象观念拟人化的西洋诗，中国人读来最觉诗意单薄。前段的拟人格是"残暴"，后段的则是"自谦"，可是"残暴"的代名词是阳性的"他"，"自谦"的代名词却是中性的"它"，实在令人困惑。也许男人比较残暴吧，可是下面的几段诗又推翻了这假设：

Love seeketh not Itself to please,

Nor for itself hath any care;

But for another gives its ease,

And builds a Heaven in Hell's despair.

      ——William Blake：*The Clod and the Pebble*

Love is swift of foot;

Love's a man of war,

         And can shoot,

And can hit from far.

Who can 'scape his bow?

That which wrought on thee,

         Brought thee low,

Needs must work on me.

      ——George Herbert：*Discipline*

　　在浪漫派诗人布雷克看来，爱是中性的或是物性的，而且连说了三次。但在玄学派诗人赫伯特的眼里，爱却是阳性，而且是 man of war（古代有帆的军舰，但

字面是男性战士）。如果把布雷克诗的第一行直译为
"爱并不要满足他自己"，中文的"他"字并无意义，
还不如根本不译。至于赫伯特诗的第五行，当然可译
"有谁能躲过他的箭呢"。其实此地的 his 已经暗示是
爱神丘比特在射箭，也许径译"有谁能躲过爱神的箭
呢"更易解吧。下面再看玄学派诗人克拉肖咏耶稣降
世的一段圣诗：

We saw thee in Thy balmy nest,

Young Dawn of our eternal day!

We saw Thine eyes break from their east,

And chase the trembling shades away.

We saw Thee, and we blest the sight;

We saw Thee by Thine own sweet light.

　　　　——Richard Crashaw: *In the Holy Nativity of
Our Lord God*

　　短短的六行诗中，竟有十三个代名词或其所有格，
平均每行不<u>止</u>两个。第三行的 their 指的原主是 eyes；
原主本来是"的"，但目中自有的曙光，一瞬间竟换

了位，变成了"它们的"。这么曲折的文法根本与中文绝缘。如果径译成"我们见的目光从它们的东天破曙"，读者一定不知所云。英文的文法虚字成灾，真可谓"负了代名词的重担"（pronoun-ridden）。

最后要说到最难对付的一类虚字，包括 where, when,《牛津高阶英汉双解词典》称之为"关系副词"（relative adverb）。这一类虚字，尤其是 where，在中译里最难安顿，直译非常不妥，因为它后面跟的子句多半尾大不掉。其实，在许多场合，根本不必睬它，忘之为吉。丁尼生的名诗《夏洛之淑女》（Alfred Tennyson: *The Lady of Shalott*），有这么一段：

And up and down the people go,
Gazing where the lilies blow
Round an island there below,
　　The Island of Shalott.

第二行如果从俗，依原文的文法译为"望着有百合盛开的地方"，也就算不错了，只是下句就比较难接，而本句的字序也未能遵循。所以不妨把"……的地方"那生硬的公式抛开，译成：

行人在路上来来往往，
望着一处有百合盛放，
围着脚底的一个岛上，
　　叫作夏洛的小岛。

有时候句法紧凑，不容"……的地方"那公式回旋，同时 where 也往往不是指空间，而是指场合、程度或境界。例如颇普的警句：

Fools rush in where angels fear to tread.

如果译成"天使都不敢践踏的地方，愚人却一冲而进"，也不算差了，可是句子太长了，全无原诗的精炼，读来不像警句。其实，可以完全不理睬 where，而改用古诗体来译：

天使方踟蹰，愚夫相竞入。

英文的成语 Where there's a will, there's a way 通常都译成"有志者，事竟成"。当年我读初中，面对这一个 where、两个 there，再也想不通为什么要用这三个虚无缥缈的字眼来说这么一句怪话。其实，这三个虚字根本不必翻，何况要翻也翻不过来。这些转弯抹角的虚字，只是搭了一个空架子，根本入不了中文。所以，只好意译为"有志者，事竟成"可以，"只要有决心，自然有办法"也行。

布朗宁的名句 Where the heart lies, let the mind lie also 意思也似乎相近。同样地，where 也不必理睬。倒是 mind 相当麻烦，因为"心"在中文里兼有 heart 与 mind 的意思。前面的 heart 如果译成"心"，后面的 mind 势必另谋出路。这句诗如果译成"心之所在，脑应相随"，也勉强能达意了。不过在中国传统里，"脑"字罕见入诗，所以读起来不像成语，也许可以改为"心之所寄，智之所出"，或者"心之所趋，智亦相随"。

更难缠的，是佛洛斯特的这句名言：Home is the place where, when you have to go there, they have to take you in. 普通的译者恐怕会译成："家是一个当你必须回去他们就必须接受你的地方。"这样译不但生硬累赘，而且还有个突兀的"他们"。这种句子又有关系副词，又有代名词，真是集虚字之大成。要化解这些，就得先摆平虚字，免得它来搅局。也许可以这样中译："家是这么一个地方，要是你非去不可，里面的人就只好留你。"或者："有个地方，要是你非去不可，里面的人只好留你，那就是家。"

霍斯曼有一首《劝酒歌》（A. E. Housman: *Terence, This Is Stupid Stuff*），末段说到东方有位君王，为防诸侯阴谋毒害，乃遍尝毒物，由少而多，久之百毒不侵。最后诸侯在他的肉食与酒中暗下剧毒，觇其必死，竟不得逞。此诗最后几行如下：

They put arsenic in his meat

And stared aghast to watch him eat;

They poured strychnine in his cup

And shook to see him drink it up:

They shook, they stared as white's their shirt:

Them it was their poison hurt.

——I tell the tale as I heard told.

Mithridates, he died old.

164

倒数第三行的宾格代名词（objective pronoun）them，在文法上本来是一个不起眼的弱势字眼，经诗人破格提前，置于一个倒装句首，弹力陡增，非常惊人。如果还原为 It was them that their poison hurt，弹力就大减了。但是对这样的反弹句，中文完全无能为力。英文反常语法的优势，叫再好的译者也只有望洋兴叹了。

二〇〇四年五月

李白与爱伦坡的时差
——余光中美学评析

翻译之为文体

　　中文的文体若以古今、难易、雅俗、骈散、长短的对比来区分，固然种类繁多，但是大致上可以粗别为文言与白话。文言文当然有骈散之分，不过对仗的骈文毕竟苛求而难工，形式重于内容，使用自然有限；所以散行的古文，笔随意转，情由心生，久成文体的主流。诗又不同，律诗与古风几乎分庭抗礼。

　　白话文当然不是一夕之变，而是从话本与旧小说的文体演化而来，不过"五四"以后历经欧风美雨，不但思想大开，而且吸收新语新词，渐采西方文法，不再是"看官有所不知……且听下回分解"了。尽管如此，旧小说的语言，雅俗共赏，通俗又通变，在文言与白话之间承上接下，左右逢源，不失为中文文体的"第三空间"。且看《隋唐演义》写秦琼金尽，只好忍痛把黄骠马牵去卖掉：

　　王小二开门，叔宝先出门外，马却不肯出门，径晓得主人要卖他的意思。马便如何晓得卖他呢？此龙驹神马乃是灵兽，晓得才交五更。若是回家，就是三更天也备鞍辔，捎行李了。牵栈马出门，除非是饮水龁青，没有五更天牵它饮水的理。马把两只前腿蹬定门坎，两只后腿倒坐将下去。

　　这一段文字当然不是文言，却也不是今日流行的白话文、文艺腔，但是语气自然，句法灵活，推理细致，叙事生动，感情深厚，令人读来不由落泪。比起今日某些前卫或后现代的小说来，我宁可读这样的"演义体"。

　　"五四"以来，白话成了中文的主流，至今未满百年，其文体历经变化。民初的报刊文章，尤其是社论之类，流行过浅近的文言，从梁启超到张季鸾，都是此体名家。另一方面，北京话成为国语之后，顺口滑舌的"儿化语"一时就"扶正"为新诗与散文的正腔。后来因为英文成了学校的重课，译文成了西洋文化启蒙的入口，留学生等高级知识分子又长久沉浸于西语，渐渐地，白话文里出现了翻译的影响。一种新文体终于成形，那便是"翻译体"，英文谓之 translationese。

早年的文人，文言根柢好，面对西文多能转化意译，不致亦步亦趋。后来的一辈又一辈，中文底子日薄，西文濡染日深，不是习焉不察，就是欲拒无力，只有日渐西化下去。中文西化当然不是积极的运动，而是消极的陋习，其来不外两途：一是来自翻译，直译；二是学者或作家明明是在写作或创作而不是在翻译，却因无知、无力或偷懒，而摆不脱西文意识或西文语法的纠缠，笔下的中文乃倾向西化或竟陷入恶性的西化。可悲的是：学者、作家、媒体"示范"于前，一般人以为流行的中文本来应该如此，自然就效颦起来。

中文西化之病，一方面由于作者或译者中文太弱，在强势的英文前只好称臣，一任西风压倒东风；另一方面是由于英文不够好，所以无法窥其"虚实"，进而知道如何"应战"。真正的高手不但要中、英文兼擅，更要经常留心两种语文何以相异，才能在应战之际，只顾实拳，不接虚招。此语听来似乎太玄，其实我用武功的说法，是我翻译多年的心得，读者不妨当作我的"译林秘笈"。

中英语文各有生态。在文法上，甲之必须，于乙则可有可无。由此观之，英文文法的"词类"（parts of speech）之中，颇有几类简直可称"虚字"，因为在中文的生态之中，那些字眼不过是虚晃一招，在翻译时往往不需理会。初译者不知虚实，不敢不理，因而逢招就接。其实有不少"资深"而欠灼见的译者，也是如此。诸如冠词、介词、连接词、主词之类，由英文译成中文，有时，甚至往往，可以不加理会。且列简例如下：

1. a wonderful idea（妙想、高招）
2. Ms. Found in a Bottle（瓶中稿）
3. father and son（父子）
4. I miss you terribly（想死你了）

此地我要特别强调的，是西文之中，好用代名词与其所有格（例如 he, his），而中文则少用，往往甚至可免。我翻译班上的学生曾将 He is his father's only son 译成"他是他父亲唯一的儿子"。其实只要说"他是独子"就行了。在美国教中文时，我要美国孩子把"It is raining, isn't it？"译成中文。结果成了"它是雨了，它不是吗？"其实，中文往往不用主词，更不用虚设的 it 做主词；只要说"下雨了，是吧？"或者"下雨了吧？"

　　英文不但好用代名词，更难缠的是好用 it 来代替前文的抽象名词或后文的子句；最可怕的，是这种身份的 it 有时更变成复数代名词，指的是几个抽象名词。对于中国的读者，英文之惑人常是前文说着 an unspoken suspicion，到下一句忽然变成了 it；或是上一句的 such haunting memories，到下一句竟已易容成 them。这种迷宫到了诗里，更令人茫然四顾。西方诗所以难读，文法要占一半，西方文法难缠，代名词可谓祸首。我常说：诗的花园虽然诱人，可惜门口守着文法的恶犬。英文诗也不例外，往往才读了几行，就会遇上几个来历不明的代名词，不知道代的是前面的哪个名词。回头去找，则前面已有三两名词；再三核对，实在很难决定究竟是谁代表了谁。读英文诗的疲劳，至少有一半是因为要抓这些文法的逃犯。例如，柯立基名作《午夜之霜》（S. T. Coleridge: *Frost at Midnight*）这一段：

Only that film, which fluttered on the grate,
Still flutters there, the sole unquiet thing.
Methinks its motion in this hush of nature

Gives it dim sympathies with me who live,

Making it a companionable form,

Whose puny flaps and freaks the idling Spirit

By its own moods interprets, everywhere

Echo or mirror seeking of itself,

And makes a toy of thought.

这一段说的是诗人霜夜独坐，静观炉架上的烟灰扑动，万籁俱寂之中，似与诗人心灵相通。此时，诗人正闲情无聊，遍寻自我之回音或投影，乃依当下之心境来诠释烟灰轻拍作态之含义，而遐想自娱。这一段诗只有两句话：前两行是一句；后面的六行半是另一句，文法颇为复杂，主要的骨架是：Its motion gives it sympathies with me, making it a companionable form, whose flaps and freaks the idling Spirit, seeking echo or mirror of itself everywhere, interprets by its own moods, and makes a toy of thought. 这一段不过八行半，细数一下，竟有八个代名词之多，可见英文中的代名词使用之频。其中，who, whose, which 所代何人何物，十分明确，但是两个 it，两个 its，一个 itself，究竟所指为何，却要费神苦找。只有英文很好而文法精通的译者，才能确定两个 it 均指 film，第一个 its 是指 film，第二个 its 是指 Spirit，而 itself 也是指 Spirit。

　　问题是：就算译者能把这些分身的代名词追溯到个别的名词本身，他还得设法把众多的代名词安置在译文之中。究竟他应该直译过来，变成"它、它的、它自己"呢，还是把这些"它族"泯化于无形，免得妨碍中文的生态？如果直译过来，则两个"它的"该如何区分，而两个"它"与"它自己"又如何判别？如何使用中文语法把这些"它族"妥加化解，对译者中文的功力该是一大考验，只怕许多译者都过不了关。

　　英文之难懂、难译，与代名词及其所有格使用太频，很有关系。不要以为拜伦、雪莱的诗好译；某些浅显小品当然可解，但是较长较深之作，要读通都不容易，遑论翻译了。雪莱有一篇力作《白朗峰》(*Mont Blanc*)，长一百四十四行，非常雄奇、深峭。仅前两段四十八行之中，代名词及其所有格就出现了三十九次，其中包括 I, my, thou, thy, thee, thine, his, they, them, their, it, its, that, which, whose, 平均每一点二七行就出现一次。如果把这四十八个代名词全译过来，不但冗赘琐碎，而且不合中文生态，全然不像诗句，甚至不像流畅的散文。下面让我并列一首唐诗与一首古英诗，再加以比较：

君问归期未有期，
巴山夜雨涨秋池。
何当共剪西窗烛，
却话巴山夜雨时。
——李商隐《夜雨寄北》

O Western wind, when wilt thou blow
That the small rain down can rain?
Christ, that my love were in my arms
And I in my bed again!
——Anonymous: *Western Wind*

唐诗成于九世纪，英国民歌传自十五世纪，都是情诗，都是男子远在他乡，渴望早日归去，与所爱重聚。唐诗比较典雅、含蓄，英诗比较热切、直露，都很感人。我特别要指出的，是唐诗四句里只有一个代名词，但是英国民歌里却有四个，足见两种语文的生态很不一样。中国古诗里当然不是全然不用代名词，但是用得极少，而且所指都很明确，不致误会。例如李白的《赠汪伦》："李白乘舟将欲行，忽闻岸上踏歌声。桃花潭水深千尺，不及汪伦送我情。"王维的《渭城曲》："渭城朝雨浥轻尘，客舍青青柳色新。劝君更尽一杯酒，西出阳关无故人。"

可惜中国古典诗在文法上这种圆转无碍的美德，后人未加珍视，"五四"以来反被西方诗的文法取代，以致文字繁琐，指涉含糊，读来大减诗意。兹举数例以为印证：

你底年龄里的小小野兽，
它和春草一样地呼吸，
它带来你底颜色，芳香，丰满，
它要你疯狂在温暖的黑暗里。
我越过你大理石的理智殿堂，
而为它埋藏的生命珍惜；
你我底手底接触是一片草场，
那里有它底固执，我底惊喜。

——穆旦《诗八首》之三

　　这八行诗中竟有十一个代名词，其中“它”有五个，前三个全无必要。第四个“它”应该是指“理智殿堂”，却容易和前三个“它”混淆。第五个“它”指的究竟是“小小野兽”呢，“理智殿堂”呢，还是“一片草场”？如果是指野兽，则不该隔得这么远，因为跟第四个“它”太贴近了，似乎不该舍近求远。这一笔胡涂账都是滥用代名词的结果，不但诗意因此含混，文字也纠缠不清。这虽然不是译诗，却和一般译诗一样难懂。其实，“它要你疯狂在温暖的黑暗里”一句，也有问题。前面已说“它”带来颜色，怎么又会黑暗呢？末行的“那里”，全是英文 where 的用法，在一般译文中更是常见。

　　　在自由与不自由之间
　　　天鹅们游在公园的湖水上
　　　过路的鹭鸶来了又去了
　　　它们的翅膀没有剪过
　　　天鹅典雅地生活在

公园的中间状态

没有人知道

它们是不是幸福

　　　　——郑敏《天鹅的翅膀》

　　此诗的象征寄托颇有可取，可惜也因西化的语法而未竟全功。首先，天鹅加了"们"显然是复数；相对地，鹭鸶未加"们"似乎是单数。偏偏第一个"它们"指的是鹭鸶而非天鹅。第二次说到天鹅，却又不加"们"了，偏偏第二个"它们"说的却是天鹅。采用西化的复数词却不认真贯彻，实在徒增纷扰。其实，一首小诗何必大动复数代名词呢？如果第一个天鹅不加"们"，而两个"它们"都改成各自代表的名词本身，第一个改成"鹭鸶"，第二个改成"天鹅"，这首小诗就玲珑多了。

　　俗传曹丕逼曹植七步成诗，谓之《七步诗》："煮豆燃豆萁，豆在釜中泣。本是同根生，相煎何太急？"此诗如用西化语法来写，说不定会变成："煮豆燃豆萁，它在釜中泣。它们同根生，煎它何太急？"

然后，雨云出现了

阴黑了青山

它在天空的地板上狂驰

充满了急躁与爱情

一把抓住海的长发

将她向后推搡

闪电瞧着她的脸

要求她坦白自己的梦

海顺从了它的暴力

月亮黑了

只有海浪敲打着岩石

要进入它的胸膛

但岩岸捏紧

她那撕抓击打的手

将它劫回他那原始的洞穴

　　　　　　——郑敏《云》

　　十五行中动用了九个代名词，变得复杂而又迂回。第一个"它"应该指雨云。第二个"它"当仍指雨云，但是靠闪电太近，容易误会是指闪电。第三个"它"

应该是指前一行的岩石，但也容易误会仍指雨云。三个"它"纠缠不已，字同而所指不同，最是恼人。四个"她"应该都是指海，但第四个也像在指海浪。剩下单独一个"他"，显然是指岩岸了。云、海、岸三者的戏剧关系，本来可以写得更生动而具体，却各戴上了"它、她、他"的代名词面具，变得间接而且抽象。李白的妙喻"抽刀断水水更流，举杯消愁愁更愁"，多么明快醒目，万一遭西化派点金成铁，改成了"我抽刀断水它更流，我举杯消愁它更愁"，就神气全非了。

冯至的《十四行集》有意把西方的古典诗体引进中国新诗，在哲理的探讨上有其贡献，可惜他在句法上未能完全摆脱西方的语态，所以，有时他的创作不免近似译文，而代名词，尤其是第一人称的复数，用得太多，正是一大原因。下面引述的这四行，当可印证：

> 什么能从我们身上脱落，
> 我们都让它化作尘埃；
> 我们安排我们在这时代，
> 像秋日的树木，一棵棵。
>
> ——冯至《十四行集》之二

　　四行中有五个代名词，似乎多了。四个"我们"之中有两个简直构成了"反身动词句"（reflexive verb structure）。第三行简直就像 We set ourselves in this age 的直译。

　　译文体正是今日中文的变体，在文言文、白话文、旧小说文体之外，成为第四文体。第四文体不一定限于译文，也包括直接受西文影响与间接受译文熏陶的写作甚至创作。正如混血种能兼两族之美，最好的译文体也可以美得出奇；但是译文体也往往失控，会沦为非驴非马的怪胎。不幸的怪胎正暗暗地侵蚀中文濒危的生态。

　　在所有这些混乱的展出品当中，冯至作品《塞纳河畔的无名少女》突然能令我们驻足以观……但是这种狂热似的评语并不足以作为一般群众之普通反应的征兆。

　　比起这种"怪胎体"来，我在文首所引的那一段《隋唐演义》显然好懂多了，也好看多了。有时候，今日的许多白话文作品比古文还要难懂。

二〇〇六年七月九日

文法与诗意

阿西曼达斯

雪莱

我遇见来自古国的旅人，
说：躯体不存的两柱石足
矗立在大漠……在近旁，半沉
在沙里，更有具破脸，怒眉紧蹙，
唇角下撇，君临天下而冷笑。
足见雕师通透那桀骜心情，
刻入这顽石，仍栩栩如生，
而雕者的手，像主的心已朽掉。
座基上仍可见两句碑铭：
"吾乃阿西曼达斯，万王之王，
观吾大业，众霸主，谁能模仿！"

除此更了无一物，巨像已塌，
　虚墟四顾是无限的空旷，
平沙寂寂一直远伸到天涯。

越过沙洲
丁尼生

落日西沉，有黄昏星，
　有朗朗召我的呼唤！
但愿我要出海的时辰
　沙洲上没有悲叹，

只有轻移如寐的晚潮，
　满得无声也无浪：
当初谁来自无边的浩淼，
　此刻要回乡。

暮色沉沉，晚钟声声，
　接下来便是黑暗！
但愿没有诀别的伤心，

当我要上船。

从人世间时空的范畴
　潮水或载我远行，
　但愿能亲见我的舵手，
　　当我越过了沙汀。

　　此地我译的这两首诗：雪莱的《阿西曼达斯》
（*Ozymandias*）与丁尼生的《越过沙洲》（*Crossing the
Bar*），在一般英国诗选中乃必选之作。雪莱所写的埃
及法老王，译音本应作"阿西曼地亚斯"，在句中嫌
长，雪莱算音拍时也把 dias 只算一拍，我乃缩为五字。
雪莱这首诗，显然是要采用十四行体，但是他不擅写
十四行诗，所以每写必错，既非意大利原体，也非英
国的变体，有点不上不下。不过，以商籁而言虽然不
工，写出来的却是一首好诗，我在朗诵会上常常选用。
　　雪莱自己不按格律押韵，我也就不客气，不全遵
守他的韵序。他的韵序是 ababacdc，edefef；我的则
是 ababcddc，deefef。阿西曼达斯指的是公元前十三
世纪的埃及君王兰姆西斯二代（Ramses II）。雪莱作

此诗，在一八一七年，正是拿破仑囚于圣赫丽娜岛之第三年，当有影射之意。译文倒数第四行的"众霸主"一词，原文为 ye Mighty。ye 乃古文第二人称复数，故译为"众"；但 Mighty 亦可指神，加上 ye 字，似乎顺理成章，可译"众神"。可是公元前一世纪希腊史家席库勒斯（Diodorus Siculus）曾谓，埃及最巨大的雕像上有题词："吾乃阿西曼达斯，万王之王；任谁欲问吾为何人，长眠何地，曷就吾之功业，一较短长。"（I am Ozymandias, King of Kings; if anyone wishes to know what I am and where I lie, let him surpass me in some of my exploits.）此地之"任谁"显然是指人而非神。

此诗之文法有一陷阱，在第五行至第八行，原文是：Tell that its sculptor well those passions read/Which yet survive, stamped on these lifeless things, / The hand that mocked them, and the heart that fed. 译者必须看清文法，看出 them 是指 passions，而 fed 的受词也是 them，但被省去。最重要的是，译者应该知道 survive 乃及物动词，才能去追踪其受词：the hand, the heart。这一层关系不能掌握，译文就会不知所云。The hand that mocked them 意为雕者的手描摹了君王的表情；the heart that fed（them）意为君王的心流露出面上的那些表情。原文自第三行后半截一直到第八行末，一气呵成，用意深刻，但文法断而再接，颇为曲折。如果按文法来译，势必尾大不掉，沦为冗赘的散文，所以我快刀斩乱麻，干脆断为两句。细心的读者若能读通原文，看透文法，当解吾意。

丁尼生的《越过沙洲》真如中文成语所云"视死如归"，所以他有遗言，凡他的诗选，都应将此诗置于卷末。此诗分成短段，文法并不曲折，不算难译，但粗心的译者也常落入陷阱。误译常在第一段与第二段交接之处，其原文如下：

And may there be no moaning of the bar,
When I put out to sea,

But such a tide as moving seems asleep,
Too full for sound and foam,

一般译者没注意第一段末的标点不是句号，而是逗点，因此文法也好，文意也好，必须连接下一段始能完成。同时，下一段首的 but 并非连接词，所以不能译成"但是"；而是介词，意为"除了"，在文法上乃上承前一段的 no。在文法上，When I put out to sea 乃插入的副词子句（adverbial clause）。文法的主脉是 May there be no moaning of the bar but such a tide as... 有些译者把 but 译成"但是"，却忽略了后面根本找不到主动词，足见 but 绝非连接词。

译界常有"唯诗人始可译诗"之说，未必正确。诗人创作，"独赢"便可，若奢言译诗，却必具"双赢"的功力。姿态降低一点，说法平实一点，我们倒不妨说："未入文法之门，莫闯译诗之宫。"

二〇〇七年三月

叶慈少作两首

在柳园旁边

在柳园旁边和我的情人相见；
她雪白的纤足穿越过柳园。
她劝我爱情要看淡，如叶生树梢；
但我年轻又痴心，不听她劝告。

在河边的田里和我的情人并立，
她雪白的手扶在我斜倚的肩际。
她劝我人生要看开，像草生堤堰；
但我年轻又痴心，此刻泪涟涟。

当你年老

当你年老，头白，睡意正昏昏，
在炉火边打盹，请取下此书，
慢慢阅读，且梦见你的美目
往昔的温婉，眸影有多深；

梦见多少人爱你优雅的韶光，
爱你的美貌，不论假意或真情，
可是有一人爱你朝圣的心灵，
爱你脸上青春难驻的哀伤；

于是你俯身在熊熊的炉边，
有点惘然，低诉爱情已飞扬，
而且逡巡在群峰之上，
把脸庞隐藏在星座之间。

　　这两首诗都是叶慈的少作，也都是情诗，诗中的
"她"和"你"可能都是叶慈苦恋多年而未能终成眷属
的龚慕德（Maud Gonne）。慕德是演员，美丽而刚烈，

热衷于爱尔兰的抗英爱国运动。她的美丽迷住了叶慈，但她的刚烈叶慈却受不了。叶慈为她而作的情诗并不止这两首，在名诗《为吾女祈祷》中，诗人甚至期望爱女将来能享受安定而贤淑的家庭生活，不要学慕德的作风。

一般学者都认为叶慈的作品老而愈醇，他能成就二十世纪英语世界最伟大的诗人，主要是靠中年以后的"晚作"：因为那些晚作举重若轻，化俗为雅，能把生活提炼成艺术。对比之下，他的少作优美而迷离，不脱"前拉菲尔派"的唯美意识。这些我完全同意，却认为他那些少作虽然只有"次要诗人"（minor poet）的分量，其中颇有一些仍是不可多得的精品，值得细赏。《在柳园旁边》（*Down by the Sally Gardens*）是一首失恋的情诗：诗人怅念当年对情人的迷恋十分认真，但情人似乎不太领情，反而有意摆脱，所以慰勉他要看开一点，不可强求。可是诗人一往情深，不听劝告，结果当然是自作多情，吃了很多苦头。此诗向读者暗示了一则爱情故事，但其细节却隐在凄美的雾里，并未开展成为小说。也许如此反而令读者更感到余恨袅袅。最动人的该是每段的第三行：前半行似甜实苦，说不尽美丽的哀愁；后半行就地取喻，有民谣的风味。末行的"痴心"，原文是 foolish，译作"愚蠢"，当最现成，似乎忠于原文，但是不免拘于字面。英文里面，真正骂人是说 stupid，带点宽容与劝勉，才是 foolish。情人之间，说对方 foolish，反而有"看你有多痴"的相惜之情。事隔多年，诗人犹感余恨，不过是恨命苦，并非记恨情人。李商隐不是说吗："此情可待成追忆，只是当时已惘然。"

《当你年老》（*When You Are Old*）里面的情人，由第三人称变成了第一人称，有趣的是：《在柳园旁边》里，诗人以"我"出现，但到了《当你年老》里，"我"一直在自言自语，却始终不提"我"了。这就牵涉到末段第二行的"爱情"：原文 Love 是用大写，一般是指爱情之为物，亦即爱情之人格化。然则诗人的用意，究竟是指情人老来孤单，追思前缘，不胜惋惜，但那已经是过去的事了，像是传说，又像是神话；抑或是指爱她的人，亦即诗人（也就是次段第三行的"有一人"），早已远去，成了传说，登上了艺术之峰，与灿亮的名家为伍了呢？首段第二行，"请取下此书"（take down this book），是什么书呢？应该就是诗人正

在写的书了，也就是这首情诗要纳入的诗集吧：当你
年老，这本诗集就在你的书架上，所以要"取下"。于
是你一面读着，一面就神游（梦见）往昔，发现当年
追求你的人虽多，但真正爱你知你如我者，仅我一人。
众多追求者爱你的青春（韶光）美貌，而我啊，即使
你美人迟暮（青春难驻）也仍然爱着你呢。

　　学者曾指出，此诗起句来自法国十六世纪"七星
诗派"领袖洪沙（Pierre de Ronsard）《赠海伦十四行
集》（*Sonnets pour Hélène*）之一，其起句为："当你年
老，夜晚在烛光下。"（Quand vous serez bien vieille, au
soir, à la chandelle）洪沙之诗大意是："当你年老，烛
光下纺纱，吟着我的诗句，说当你绮年美貌，洪沙曾
赋诗赞你；我已经入土为鬼，躺在桃金娘的荫下。你
也成了老妪，蹲在炉火旁边，悔恨自己高傲，错失我
的爱情。与其空待明日，不如爱我今朝。"洪沙的情
诗语含威胁，有欠婉转。叶慈起句学他，但温柔敦厚，
更为体贴，无怨无尤，一结余韵袅袅。

二〇〇八年三月